GOBOOKS
& SITAK
GROUP©

GOBOOKS
& SITAK
GROUP©

三日月書版

三日月書版

小丑魚 著
炬太郎 繪
6
怪談病院
PANIC!
輕世代
FW303
三日月書版

怪談病院 PANIC!

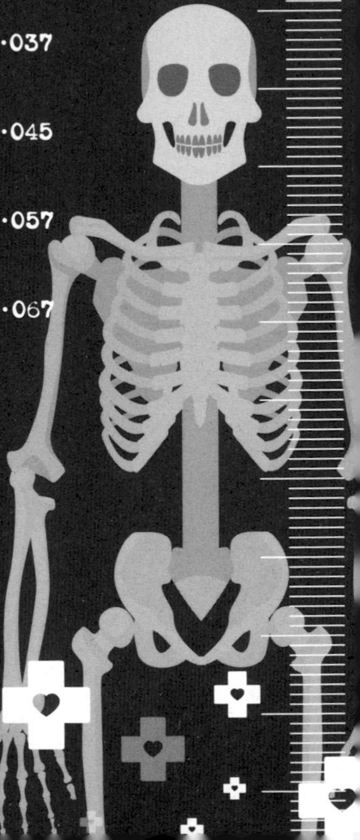

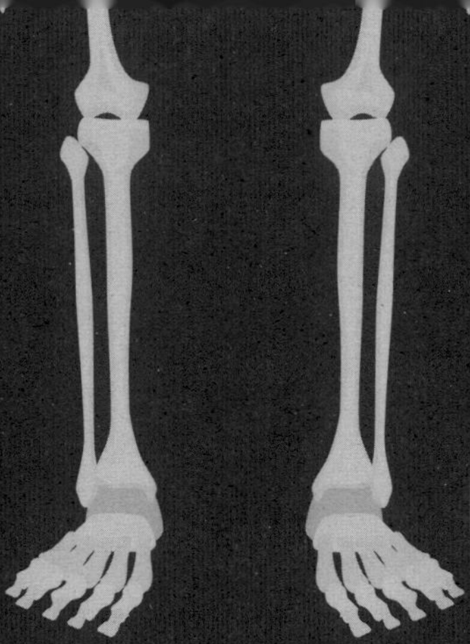

目錄

CONTENTS

CHARACTER FILE

玄罡

身分：地府的鬼差組長
性格：死要錢
愛好：錢

Profile

全身上下華麗閃亮，具備天怒人怨的帥氣度、渾身上下散發著尊爵蓋世的貴族氣質，完全不輸當紅偶像明星，擁有深不可測的能力，特徵則是，舉手投足都要錢，與依芳有著不尋常的關係。

CHARACTER FILE
依芳
身分：新進護士
性格：安靜內斂
愛好：睡覺、偶像劇
Profile
綠豆的學妹，家有天師阿公卻對玄學相當兩光，雖然具備某些天師特質，但是對於靈異事件相當冷漠，沒有耐性又不可靠，不得已靠著零零落落的玄學知識闖天下。

CHARACTER FILE

孟子軍

身分：刑事組組長
性格：有正義感、善良
愛好：公仔、狗狗

Profile

人高馬大卻是動漫迷，且是愛狗人士，非常寵家中的黃金獵犬。對於不可思議事件有著強烈好奇心。在一次詭異案件中認識綠豆和依芳，進而見識到兩人異於常人的能力。

CHARACTER FILE
綠豆
身分：護士
性格：大而化之、熱心助人
愛好：帥哥
Profile
醫院的老鳥，依芳的學姐，常常熱心過了頭，總是拖著依芳下水，卻也因為一連串的事件激發了自己的潛能，不但具有陰陽眼，並且磁場與陰間的朋友相近，具備和鬼魂溝通的能力。

怪談病院
第一章 真相完結（一）

入秋的景致總是多了一絲蕭瑟，院內的綠蔭走道上布滿泛黃的落葉，微醺的西風撫過單薄而孤寂的樹梢，站在醫院門口的白衣女子的倦容上也現出一抹哀愁。

「依芳，妳臉色可以好看一點嗎！看起來就像被人欠下一大筆錢的債主，好歹今天是大場面，搞不好還會上電視，妳能不能和顏悅色一點？」站在女子身邊的豐腴女子同樣身穿白衣，正確來說，兩人穿著一模一樣的制服，而且還是重症單位的顯眼制服。

「學姐，動土典禮到底關我們什麼事？阿長級以上的醫護人員出席就好，幹嘛連我們大夜班的也被叫出來觀禮？現在是我們的睡覺時間，人死都要睡棺材了，活著時更該好好躺在床上睡覺啊！」依芳不耐煩地直跺腳，完全不把綠豆的警告當一回事。

之前建造重症大樓時，因為舊庫房一再出事而作罷，這次神父們和院長也不再鐵齒，特地請來專業的老師挑好日子，並盛大舉辦動土典禮，一來求心安，二來也找來媒體順勢打廣告。

為了壯大聲勢，除了高階長官外，幾乎所有大、小夜班的成員都被要求參加典禮。

想當然綠豆、依芳等人是難逃此劫，今天一早就被阿長抓到醫院門口集合，連落跑的機會都沒有。一向嗜睡如命的依芳，簡直像被雷劈到一樣錯愕崩潰，又不得不屈服在護理長的拳頭下。

唉……賺錢果然不是那麼容易的！尤其要在護理長的手中獲得優良考績，並得到優渥年終更不容易。

大批人馬浩浩蕩蕩地往舊院區移動，護理長還興致勃勃地鼓舞著一臉生無可戀的大夜班人員，直呼這是見證歷史的偉大時刻，能親身參與這樣的盛事，應該感到自豪才對。

「看得出來阿長睡真飽，能夠大肆拍馬屁還不會臉紅，她不去從政真是太可惜了！」綠豆不知死活地在依芳旁邊咬耳朵，對她而言，消遣護理長是目前唯一的休閒娛樂了。

「咦？」依芳正準備抬起頭附和時，卻不經意地瞥見熟悉的身影，「那不是洪叔嗎？」

綠豆順著依芳的視線望去，只見身材略為矮小的中年男子正朝她們直揮手。

綠豆只覺得這人要命的眼熟，卻想不起來在哪裡見過。

「妳忘了？當初我們被困在庫房時，是洪叔在外面接應啊。論輩分，他是我阿公的徒弟。」依芳一邊揮手，一邊跟綠豆解釋。

經依芳一提醒，綠豆才猛然想起這麼一回事，都怪當初他出現的篇幅太少，實在沒什麼印象。

老洪一身便裝，看似輕鬆地在舊院區閒晃，臉上還掛著淡淡的笑，看起來就像隨意逛大街的路人甲。只是在這樣的場合，除了院內員工和媒體外，應該不會有其他人出入才對，為什麼老洪會在這裡？

「洪叔，你為什麼會出現在這裡？難道——」依芳腦中浮現不好的預感，該不會又出什麼事了吧？

「哎呀，別想太多，我早就不來那一套了，現在只是幫人看看風水、算算命而已。今天是醫院請我挑個良辰吉時，畢竟這邊出了這麼多事，就算是阿豆仔也要入境隨俗，吃咱們東方人這一套。」老洪的笑容中帶著明顯的得意感。

依芳明白天師這一行常常會遇到許多無法預期的危險，所以很多修行之人退而求其次，不是當堪輿師，就是當算命師，求三餐溫飽也就夠了。老洪自己也有家庭，早就不再冒著生命危險接觸不正常空間的事件了。

三人就像許久不見的朋友寒暄一番，只是客套過後，老洪忽然感嘆道：「二十年前，妳阿公曾在這裡壓鎮鬼王，沒想到二十年後，身為徒弟的我則在同樣的地方舉行動土大典，只不過……師父當年的做法讓我無法釋懷，總覺得……」

「洪老師，時間快到了，麻煩您開始準備。」老洪還來不及說完，院長的貼身助理已經前來請他移駕至會場中心，準備舉行動土儀式。

老洪轉頭朝著依芳露出苦笑，略顯老態的神情上顯現著難以形容的鬱悶，依芳看得出來他有什麼事想釐清，而且和當年她阿公鎮壓鬼王的事件有關。

「妳阿公是個非常低調的人，我對內情也了解不多，希望是我自己多心了，不然除了妳阿公外，恐怕只剩下妳師姑婆有辦法處理……」

「洪老師，時間快來不及了！」院長的助理看著手上的金表，不耐煩的語氣完全讓老洪沒辦法繼續說話。

老洪只好摸摸鼻子，面無表情地跟著助理走向會場中心，留下滿腹疑問的依芳和綠豆。

「他這麼說到底是什麼意思？妳還有師姑婆喔？怎麼從來沒聽妳提過？聽洪叔的意思，她似乎和妳阿公同等級的厲害人物，既然有這樣的狠角色，幹嘛不早點搬出來？」綠豆心想，早知道還有這號人物，就搬出來當祕密武器了，哪還需要自家這個連可靠都沾不上邊的學妹。

「誰知道洪叔是不是喝醉酒，說話沒頭沒尾，我根本聽不懂他在說什麼，我從來沒聽過什麼師姑婆。」依芳不要不緊地回答，一向不喜歡花腦筋在與自己不相關的事情上面，畢竟這已經二十年前的事情了，和自己沒有多大關聯，總是以不惹麻煩為終身目標的她，自然沒有深究的興趣。

反觀綠豆，卻因老洪的一番話而搞得心神不寧，她的神奇第六感總覺得哪裡不對，但最近庫房裡風平浪靜，也沒聽說有什麼事……

「依芳，我總覺得哪裡不對勁，洪叔那些話是不是話中有話……」

話還沒說完，兩人便感到腳底一陣搖晃？這是怎麼回事？

只見原本堆成一座小山狀的黃土正在崩落，原本豔陽高照的天氣，瞬間被一大片烏雲遮蔽，天色頓時暗了下來，一陣陣風颳過臉頰，地面上的晃動不曾停歇，眼看四周飽受驚嚇的枝頭小鳥四處飛散，綠豆不由得渾身發冷，這個畫面簡直就是電影中災難發生前的標準流程，她有超級不好的預感！

「有鬼！我就知道這裡一定有鬼！」綠豆完全無法用大腦思考，相信自己的直覺絕對不會錯，劈頭就是一聲大吼，「大家快點逃命，這裡有鬼！」

綠豆真的是一名太有良心的好公民，就算急著逃難，也希望別人能脫離險境，畢竟俗話說得好——獨逃命不如眾逃命！

跑了幾步後，綠豆就感覺哪裡怪怪的，例如怎麼沒有預期中的尖叫聲、雜沓的腳步聲和爭先恐後的場景，最奇怪的是怎麼沒有搖晃的感覺了？

她機警地停下腳步，鼓起勇氣往後一看……

除了上百張閉不上的嘴巴和乘以兩倍的錯愕眼睛之外，綠豆什麼也沒看見，若要更仔細地描述，綠豆發現護理部主任那平時需要用牙籤撐開的眼睛，現在撐得比五十元銅板還要大，至於護理長的嘴巴，看起來快可以塞進兩顆拳頭了。

沒有阿飄，沒有天崩地裂，半點異常現象都沒有，就連老洪也以觀看世界真奇妙的眼神往綠豆這裡注視。

「MI（內科加護病房）的阿長！」雄壯的護理部督導一聲大喊，立即將所有人拉回現實，除了看起來已經快要爆血管的院長，和頭頂強強滾的主管們外，幾乎所有人都爆笑出聲。

另外還有個笑不出來的人，便是被點到名的護理長了。她不但笑不出來，還要強忍著嚎啕大哭的欲望，趕緊上前把綠豆領回典禮現場。

她實在很不想承認綠豆和自己同單位，偏偏身上穿著同樣的制服，就算想否認也沒辦法。

「這只是小小的地震！妳沒住過臺灣嗎？妳知不知道今天來了多少記者？就算妳想上頭版出風頭，拜託妳看一下場合行不行？乾脆老實告訴我，妳到底多恨我？吼！我真的快被妳整死了！」護理長的聲音聽起來就像正在悶燒的燉鍋，咕嚕咕嚕地猛冒煙，光聽聲音就知道快爆炸了。

綠豆正想回嘴，卻發現窩在角落的依芳完全不顧形象地捧腹大笑，顯然她的餘興節目獲得相當熱烈的迴響。

「阿長，妳別再罵我了，我已經很想去撞牆了！」綠豆一看依芳的反應也知道自己糗大了，她哪知道地震會這麼剛好，沒事來個烏雲密布，外加鳥獸四散的場景，叫人不誤會也難啊！

「相信我，現在有人比妳更想去撞牆。」護理長的音調沒辦法控制的高昂起來，「那個人就是我！」

綠豆看著護理長的臉色，完全分辨不出她就是黃種人，如果自己再不乖乖閉嘴，只怕太平間會成為她往後的房間了。

唉……依照目前的情勢推算，回去又要吃一頓排頭了……不……應該是好幾頓。

往後的一個禮拜最好離護理長越遠越好，別再讓她看見，綠豆在心中邊哀號，邊警告自己……

離醫院最近的早餐店一如往常喧鬧，角落裡某桌的上方卻是烏雲密布，看起來頗有狂風暴雨之姿。

綠豆哀怨地想著，如果頭頂上真會打雷，她現在應該已經被雷劈死了吧。

「唉……唉……」坐在早餐店裡，她滿嘴蛋餅，嘆氣的次數連十根手指頭都不夠數了，自己為什麼老是遇見這種鳥事呢？

典禮已經結束了，不過綠豆知道她的災難才正要開始，人在行刑前好歹也先填飽肚子，與其胡思亂想，索性和依芳趁護理長被督導叫去訓話的空檔，溜回單位換便服，隨後窩囊地躲到醫院外的早餐店裡。

只是看著豐盛的早餐，綠豆不禁懷疑這是不是她的最後一餐。

和綠豆一臉衰樣比起來，依芳簡直是強烈的對比，她正悠哉地翻閱桌上的報紙，看起來好不愜意。

「別再嘆氣了！反正妳出風頭也不差這一次，只是妳今天的反應太大了一點。」依芳開口的同時還不忘極力掩飾即將爆出的笑聲。

「這也不能怪我嘛！有學姐當了一輩子的護士，連鬼都沒遇過一隻，我們呢？是把見鬼當飯吃耶！我遇鬼的經驗是一般人的好幾倍，我的雷達自然也比別人敏銳啊！上回鍾愛玉提到那個叫克章的男人是她的師父，顏霂姍也說他是自己的男人，加上我遇到的小鬼說過有個叔叔幫她找上我們，所有的事情好像都是針對我們，妳不覺得很奇怪嗎？我可是隨時提高警覺呢！」

依芳緩緩抬頭看了她一眼，眼底含著隱約的凌厲銳氣，「妳也知道我們把見鬼當飯吃？那就好心一點，能不能假裝妳不是陰陽眼？能不能不要每件事情都淌混水？我真懷疑妳這麼賣命的原因是為了競選下任的陰間里長。」

「呸呸呸！」綠豆急忙回嘴，「我活得好好的，幹嘛競選陰間里長？真要我競選，也是陰間的行政院長。」

瞧學姐一臉理所當然，依芳差點沒灑了眼前的濃湯，「妳管的範圍還真廣，難怪老是惹得一身腥。我警告妳，所有的事情都已經告一個段落，我不想繼續惹事非，妳也別給我找麻煩。」

言下之意，依芳完全不想知道克章是誰，也不想了解他是什麼人物，所有事情雖然有著難以忽略的巧合，不過她沒興趣深入了解，只希望自己當個平凡又單純的小護士，這麼微小的願望都難以實現嗎？

「我是陰陽眼，還是磁場特強的陰陽眼，就算我不多事，還是會有鬼主動找上門啊。」

「那就裝死！」依芳的態度看起來異常堅定，「跟我之前一樣，不論看到什麼都當作沒看見，不然就是絕對不要拖我下水。」

「喂，妳是天師傳人耶！」綠豆難得激動起來，「這是妳的天命，注定不可能當普通人，遇到怪異的事件就要解決，不就是天師的使命嗎？」

怎知依芳聞言，悠悠地看了綠豆一眼，「當天師又不是我願意，有沒有人問過我的感受？我現在可以告訴妳，對於之前發生的每一件事，我並沒有繼續探討的打算。」

她再次看了身邊的綠豆一眼，不由得深深嘆了口氣，感覺事情老是不如己意，只要綠豆存在的一天，永遠沒完沒了。

「妳真的一點都不好奇？」綠豆不死心地追問，她就是打從心底覺得不對勁，非找出真相才能安心，「我找遍全院上下的人事資料，連清潔叔叔阿姨的名冊都不放過，卻沒有任何人叫克章，連同音不同字或諧音字都沒有，到底是……」

綠豆不得不在這時候噤聲，因為她發現依芳似乎有點不尋常，依芳……竟然朝著桌面上的報紙展露出陽光般的燦爛笑顏。

「幹嘛？妳中樂透頭獎啊？開心什麼？」以綠豆那驚死人的好奇能量而言，絕對不可能放過任何蛛絲馬跡。

依芳興高采烈地指著報紙上的影劇板，當天占了半篇版面的照片是一名散發著憂鬱的年輕男星，顯然經過精心設計的飄逸黑髮讓深邃迷濛的左眼若隱若現，長短適中的髮正緊貼著耳後，更顯出雙耳的性感，高挺的鼻梁和完美的薄唇再搭上帶著男人味的濃眉，號稱是新一代的型男，備受各界矚目。

這男人不正是當下最紅的八點檔連續劇男主角？如果綠豆沒記錯，這齣連續劇走復古路線，依芳什麼時候喜歡復古風了？

雖然護士的生活作息一向不怎麼正常，總被認為和這社會的脈動保持一小段的距離，不過那只是針對一小部分的護士，起碼綠豆對於目前最新流行或是最夯事物都瞭若指掌，只是沒料到依芳喜歡這型。

「我還一直擔心妳喜歡女生，害我為自己的青春肉體擔驚受怕這麼長一段時間，原來妳真的是喜歡男人，還是祁風這型喔！」綠豆調侃地道。

怎知依芳卻少見的劇烈搖頭，嘴邊掛上羞澀的笑靨，「不是喜歡他這型，是只喜歡他！」

跟依芳住在一起好一段時間的綠豆也傻眼了，這可是依芳首度因為談論男人而臉紅，尤其這男人遠在天邊，根本遙不可及。

「林依芳，妳清醒一點，人家是蓮花耶！只能遠觀而不能褻玩焉！」綠豆掃興地朝著依芳潑了一桶冷水，不過依芳個人強烈認為是冰水……

依芳不悅地抽回綠豆手上的報紙，小心翼翼地折好，嘴裡嘟囔著：「我哪像妳這麼下流？我從沒想過褻玩誰，搞不好我連這兩個字都不會寫。」

綠豆最愛和依芳抬槓，正想回嘴的當下，早餐店外面就聽見吵雜的喧嚷，還來不及搞清楚是怎麼一回事，忽然聽見有人大叫。

「前面要出人命了！」

怪談病院
第二章　真相完結（二）

一聽到出人命，基於自身的使命感與愛管閒事，綠豆丟下一句話後，直接衝出了早餐店。

「拜託妳付錢啦！」

還在位子上的依芳只能張口結舌地看著綠豆消失的背影，滿肚子的怨言全卡在喉嚨出不來。這傢伙竟然丟下她付早餐錢就跑了，而且還跑得那麼名正言順！

依芳摸摸鼻子，默默地至櫃檯結帳，心底暗暗慶幸還好身上多帶了一百塊，不然她就要在這裡打工還錢了。

一走出早餐店，高掛當空的陽光令她睜不開雙眼，前方激烈的打鬥聲和慘叫聲已經傳至耳中，隨著聲音越來越高昂，顯然狀況也越來越危急。

依芳一方面擔心街道那一頭真的會出事，另一方面擔心會出事的人……是綠豆。

她朝著聲音的方向奔去，還沒找到綠豆，就發現人群中一名虎背熊腰的男子，正抓著另外一名女子的頭髮，女子看起來鼻青臉腫不說，而且頭破血流，好不淒慘。

女子不斷發出慘叫聲，而且試圖反抗，只是力氣終究難比對方，反抗越來越微弱，除了慘叫，幾乎沒有多餘的力氣。

「這個男人是怎樣？敢欺負女人，是沒有雞雞嗎？」突然在旁邊爆出這麼經典的臺詞，不用想也知道是誰，何況說話的人一點也不懂得控制音量。

依芳趕緊趁混之中擠了過去，「學姐，現在怎麼辦？那個男人好像流氓，搞不上身上不是帶刀就是帶槍，看他打女人的模樣，誰敢上前勸架啊！」

「氣死我了！這麼多人圍觀，竟然都沒半個人要幫忙，算了，我自己來！」綠豆低聲怒吼，一副蓄勢待發的模樣。

依芳暗叫不好，綠豆好管閒事的個性就算面臨天崩地裂也不會改變，萬一她沒有顧及後果就衝出去，只怕到時候要掛急診的人就是她了。

一定還有其他辦法，總之先阻止綠豆做傻事再說。

依芳正打算抓住綠豆時，卻聽見綠豆以驚人的音量朝著手機說著：「警察局嗎？這裡是家在街六巷，在電影院前面有個男人快把女人打死了，你們最好快一點，不然就等著收屍了！」

依芳聽見綠豆的對話，終於稍稍鬆了一口氣，心想學姐總算聰明一點了，沒有衝上去硬碰硬。但是她更慶幸男人顧著打女人，又或者女人的叫聲蓋過綠豆的音量，才不至於引起男人的注意。

除了依芳讚賞的眼神之外，周遭的人群也紛紛投以欽佩的眼光，只差沒有豎起大拇指，就連在場的其他男人也只能默默以眼神表達內心的佩服，此時的綠豆就像是一片黑暗中的光明燈，照亮每個人心中陰暗的角落。

只是……

「小姐，妳打錯電話囉！報案要打 110，我們這邊是 119 消防局。」手機的另一端傳來同樣驚人的訊息。

綠豆愣住了，要死了！怎麼能在這時候出包？好歹現在受到萬民景仰的美好時光，怎麼能承認自己打錯電話？

綠豆死活都不想被發現自己又幹了蠢事，在眾人的注視之下，只能故作鎮定，說一些言不及義的客套話搪塞過去：「好的，我知道了，感謝你！」

而後，她無視旁人的眼光，拉著依芳就往另一邊的小巷子裡跑。醫院附近的地形有點複雜，周圍的建築有許多小暗巷或是防火巷，此處人煙稀少，通常不會有太多人進出。

「學姐，妳拉我來這邊做什麼？警察都還沒有來耶！」依芳甩著發疼泛紅的手腕，抱怨起來。

「警察當然還沒有來，因為我剛剛打成消防局的電話了。」綠豆話一說出口，依芳的眼神簡直就像被雷劈到。

「那妳剛剛耍什麼帥？」

「妳以為我想啊？大家都在看我，我總不好意思直接承認打錯吧！」綠豆尷尬地嘿嘿笑了兩聲，趕緊重新撥了一次電話。

依芳無奈地嘆了一口氣，心想這是連國小一年級的小學生都知道的常識，她居然犯這種錯？

綠豆一口氣報上地址後，終於鬆了一口氣，只是沒想到電話才剛掛上沒多久的時間，警車聲就傳來了。

「這麼快？」綠豆簡直不敢相信自己的耳朵，之前大家不都說警察的效率其差無比嗎？怎麼今天這麼迅速？

「妳忘記醫院附近就有警察局嗎？隔一條街而已啊。」依芳沒好氣地提醒，不明白綠豆為什麼老是少一根筋。就算她們現在身處在錯綜複雜的小巷裡，以地理位置而言，還是在醫院附近。

綠豆終於會過意來，臉上浮現得意的笑容，她嘴上不用開口，依芳也明白她急著上前去看看進展和暴力男的下場。

看著綠豆急忙往前邁進，拐個彎就不見人影了。

依芳趕忙跟上，卻完全不見綠豆的蹤影，依芳不得不開始為自己的方向感擔憂，方才綠豆到底拐了幾個彎？

憑著印象往前走，依芳拐過一個彎又一個彎，看來看去彷彿都是相同景色，她記得沒有這麼多的岔路才對，怎麼走起來卻像鬼打牆，走都走不出去？

偏偏她一下班就被叫去動土典禮湊人頭，包包還放在單位，最該死的就是手機放在包包裡，連打電話求救的機會都沒有，而且就是這麼巧，現在別說看不到綠豆的身影，現在連個可以問路的人影都沒有。

縱使一時走不出去，以依芳的個性還不至於心服氣燥，起碼她認定自己還在醫院附近，只要能走出迷宮般的小巷，就不難找到回醫院的路。

只是……毫無人煙的羊腸小徑有著說不出的毛骨悚然，即使現在正處白天，礙於四周的建築物遮蔽，陽光根本照不進來，地上零散的垃圾和排水溝的味道令人作噁，萬物彷彿瞬間靜寂，依芳只聽見自己急促的呼吸聲和心跳聲。

一定能走出去！依芳不斷地告訴自己，同時也不停的以各國語言咒罵綠豆，居然這麼不負責任地把她丟在這邊。

拐了好幾個彎後，沒找到出路就算了，依芳甚至聽見……自己以外的腳步聲。

不會吧?!依芳的手心直冒冷汗，只祈求千萬不要出現任何狀況，天知道像這樣整日見不得光的地方都暗藏著什麼樣的人物？

一停下腳步，她以幾乎快扭斷脖子的力量往後轉，發現除了自己外，根本沒有其他人，也沒有其他遮蔽物。

難道是自己也和綠豆一樣學會疑神疑鬼了？依芳試圖安撫自己完全無法冷靜的心情，繼續快步往前走。

啪嗒——啪嗒——啪嗒——

不對啊！明明就有另一個人的腳步聲！

依芳緊握拳頭，完全無法抑制內心的緊張，這回她猛然地轉身向後，當下寧願自己遇見鬼，也不想遇見人。

根本什麼也沒有啊，只感覺到沒來由的一陣寒，從腳心直竄腦門的涼意。

怪了！真的怪了！明明沒有其他人，怎麼會有其他人的腳步聲？

「請問……」巷子的陰暗角落裡，突然傳出低沉的嗓音，必須很仔細端詳才會發現陰暗處站著一個男人。

這兩字請問才讓依芳嚇得魂飛魄散，要知道走在狹窄又四下無人的巷子裡遇鬼不可怕，可怕的是遇到人，尤其像她這樣落單的女子。

這下可好了，她並沒有隨身帶著防狼噴霧劑的習慣。

「什麼事？」看著不遠的前方出現一名戴著鴨舌帽和墨鏡的陌生男子，依芳緊張地往後縮，試圖讓自己的腦袋保持清醒，萬一真的發生最壞的狀況，她應該往哪個方向逃跑才好。

「請妳別緊張，我沒有惡意，我只是想請問一下，好家在醫院該怎麼走？我迷路了。」男子腳步放緩地靠近依芳，顯然他也了解女孩子的顧慮，強調自己沒有威脅性。

男子的聲音聽起來很年輕，隨著距離拉近，依芳才確定對方大約一百八十幾公分高，身材修長而勻稱，起碼看起來沒有大肚楠，從他的穿著是一件簡單的黑色帽T和牛仔褲，腳下搭配一雙帥氣又要價高昂的靴子，看起來相當英挺，只是帶著鴨舌帽和墨鏡，實在很難看清他的容貌和實際年齡，只能看見鼻梁以下的性感薄唇。

「真不好意思，我自己也迷路了！」依芳在第一時間實在沒臉承認自己就是好家在醫院裡面的護士。

會在醫院外圍迷路的護士，她應該是史上第一人吧。

「我朋友前幾天出了車禍住院，所以特地趕來看他，人家說醫院離火車站很近，只要順著路走就可以到醫院，誰知道走著走著就迷路了。」男子靦腆地笑著回答。

也因為這樣的笑容，更加拉近了兩人的距離，雖然現在的壞蛋和金光黨滿街跑，不過依芳知道一肚子壞水的混蛋是不可能有這樣令人目眩神迷的笑容。

「沒關係，反正我們都迷路了，一起找路出去吧，我也急著回醫院，因為我的宿舍就在那棟大樓裡。」難得依芳對陌生人釋出善意，畢竟在這叫天天不靈，叫地地不應的環境之下，有個男人陪在身邊也安心一點。

男人爽朗地笑著點頭，依芳霎時覺得這男人笑起來有種說不出的好看，這也算是老天可憐她而意外的賞賜吧！

男人快步地走至她身邊，此時依芳近距離的再次看了男子一眼，突然……心跳漏了一拍，這個男人……怎麼……怎麼會是他！

第三章 真相完結（三）

正當高掛在牆上的時鐘指向晚上十一點，綠豆床邊的鬧鐘鈴聲大作，號稱連死人都能叫得醒的巨大鬧鐘硬把她從床上挖起。

不過依芳還在打呼，依芳只要不用上班就睡得比死人還要死，不論什麼聲音都叫不醒，例如現在。

最近一連幾天，綠豆發現依芳有說不出的怪異，清醒時間一天比一天還少，睡眠時間比以前延長上許多，雖然平時已經有夠誇張，不過現在幾乎是一下班洗好澡就開始昏睡，甚至連中餐和晚餐時間都不肯起床吃飯，光靠上班前吃一點宵夜填肚子，不然綠豆還以為她真的不食人間煙火。

不過今晚正是依芳休假的日子，她高興睡多久就多久，綠豆看著睡得香甜的依芳，心底真有無限羨慕，看著上班時間漸漸逼近，綠豆只能趕緊換上制服，隨手抓過包包就往單位方向邁進。

正當她走在長廊上時，猛然察覺頭頂上一盞燈正異常地閃爍著。

「不會吧！雖然我真的很衰，也還不至於這麼衰吧？」綠豆在心底默默哀號。

現在只要四周一有不對勁，她就開始緊張地寒毛直豎，尤其天花板上的日光燈一閃一滅是最經典的見鬼前奏，自從自己的隱性特質變成顯性之後，遇到超乎想像的場景次數已經是多得不勝枚舉了，因此她比別人更敏感一點，只是……常敏感過了頭。

接近凌晨的時間點是相當尷尬的時刻，根據臺灣人對醫院的禁忌加上對鬼神的敬畏，通常不會在這時間裡閒晃，同時間小夜班的人員還沒下班，大夜班的同仁也大多在單位做準備，此時的長廊實在冷清而靜謐地令人心驚。

日光燈閃爍不停，綠豆遲鈍地抬頭一看，其中一盞燈一閃一滅，不舒服的光線刺激著她的雙眼，令原本就心浮氣躁的綠豆更加不耐煩，不斷說服自己只是碰巧遇到故障的日光燈罷了。

「工務組在搞什麼鬼？不是老說要定期維修？怎麼日光燈又壞了？我非打電話就值班人員來換燈管不可！」綠豆抓起手機正要撥打時，另外一盞日光燈也跟著閃爍起來。

綠豆不禁倒抽一口氣，還來不及思考這到底怎麼一回事，整排的日光燈全跟著閃了起來。

遇到日光燈故障的機率很高，但是遇到整排日光燈都故障的機率呢？機率是零吧！現在綠豆認為自己見鬼的機率還高一點。

綠豆不知道是自己的心理作祟，還是真的室溫降低，她沒辦法控制的渾身抖了起來，現在她要怎麼辦？難道真的如依芳所說，裝死？

可是她不會裝耶！怎麼辦？怎麼辦？怎麼辦？綠豆急得團團轉，現在到底是要若無其事地往前走，還是十萬火急地往前衝？

不論那一種，她都很害怕啦！

「老大，你說真的？那個臭丫頭真把我女兒……真的讓她魂飛魄散？」連針掉在地上都聽得見的空間裡，突然爆出一聲吼叫。

怎麼回事？四周完全沒看見人影，到底是誰在說話？

暴怒的嘶吼徹底打斷綠豆的思緒，她想也不想，隨即躲在放置走廊上的明星代言人型立牌後面。

「感謝董氏基金會，感謝菸害防治法，感謝！感謝！」躲在禁菸立牌後的綠豆不斷在心中默念，就跟上回祈求佛祖保佑她中樂透一樣虔誠。

綠豆躲在立牌後面一點也不安分，不停看著手表，今天已經比較晚出門，再繼續這樣攪和下去，鐵定遲到，萬一今天剛好是護理長值班，絕對會被狠狠地扒下一層皮！

「我早就知道她們跟我過不去，我特地從枉死城逃出來，就是為了報仇，沒想到她們竟然先找我女兒下手，這次我絕不會輕易罷休！」走廊上的聲音越來越激昂，而且綠豆還隱隱有種熟悉感。

在好奇心驅使下，綠豆偷偷地將腦袋往前挪動一些些。

從人型立牌的縫隙中，她瞧見一抹半透明的身影正飄在走廊另一端，看他說話的姿勢，好像還有另外一個，只是位置正好在轉角處，以綠豆有限的視野而言，無法看清其身分。

她真的覺得這聲音似曾相識，為了再看清楚一點，她輕輕地挪動人型立牌，怎料到那隻鬼好像發現什麼不對勁，猛然朝著綠豆的方向看了一眼。

阿娘喂——綠豆猛然倒抽一口，趕緊停止動作，一時之間希望自己眼花了，那……那不是周火旺嗎？

不！不可能眼花！周火旺那張臉就算化成灰她也認得出來。

他不是應該待在枉死城嗎？當初還是玄罡親手把他抓回去，聽說枉死城戒備森嚴，嚴密程度絕對不輸阿滋卡班，怎麼可能讓他逃出來？

剛剛他口中所說的女兒不就是上回被消滅的小鬼？這下子可好了，新仇加上舊恨，他們之間的恩怨恐怕不是這麼輕易就能解決了。

現在周火旺找上門了，這件事一定要趕緊跟依芳商量……

等等！周火旺跑出來了，那麼他在跟誰說話？有誰知道他女兒的事？難不成是小鬼口中那個叔叔？

周火旺似乎沒發現綠豆，轉回頭繼續叫囂；相對之下和他對話的人卻顯得細如蚊聲，完全聽不出到底是誰的聲音，就算綠豆人面廣，也完全無法辨別此嗓音是出自何人。

事關重大，總要找機會看一下對方是誰，搞不好那人是一連串事件的關鍵人物！

綠豆再次深深吸了一大口氣，趁著周火旺繼續咒罵之際，小心翼翼地將立牌再往前挪動一小段，只可惜距離雖然拉近了，卻仍有限，以肉眼所能看到的角度，只能看到轉角處露出來的皮鞋。

「有腳！對方是人！」綠豆為重大的發現感到欣喜不已，「果然是院內的人，我猜對了！」

那雙皮鞋的款式俗到爆，一看就知道是當初院慶的時候所贈送的禮物，當時全院上下都獲得一雙鞋，女性員工統一是白色皮鞋，可以當護士鞋穿，男性員工則是統一黑色皮鞋，皮鞋的側面還有一個小小而顯眼的紅色院徽，這總不會看錯了吧！

綠豆的內心開始掙扎起來，她應該想辦法靠近一點，好發現藏鏡人的廬山真面目，還是見好就收？如果她再繼續靠近，很有可能會被發現。

很多劇情裡面的倒楣鬼都遇到這樣的戲碼，最後不是撞翻桌子，就是不小心跌倒，全都是因為不小心而一命嗚呼，既然看了這麼多教訓，她絕對不能重蹈覆轍！

現在眼前的惡鬼可是周火旺，自己又勢單力薄，實在不宜冒險，就算好奇藏鏡人是誰，先保住小命要緊！

但是……人算不如天算……

「情花開，開燦爛，冬日寒也溫暖——」

張棟梁的歌聲在殺肅的氣氛中驟然響起，宛如來自地獄的樂章。

哇靠！是誰打電話給她啦？她竟然忘記把手機轉成震動模式了！

她前輩子一定是幹了殺人放火的滔天大罪，不然怎麼人家遇不到的倒楣事全都找上門啊？

綠豆渾身發顫地想關手機，偏偏在極度慌張之下，她連包包的拉鍊都拉不開。

好不容易等到鈴聲自己停了，空間內突如其來的寂靜正急促壓縮綠豆的感官，冷汗如豆大般的雨滴，正一滴滴地滑過臉頰，此刻她只感覺到空氣越來越稀薄，心臟越來越無力……

第四章　真相完結（四）

周……周火旺勒？怎麼沒聲音了？他跑到哪裡去了？綠豆在心底歇斯底里地自問，想探頭去找答案，但是……她不敢！

綠豆渾身發抖，完全不知道立牌外到底是什麼情況，她只能不斷安慰自己，手腳卻不聽使喚地發軟，連好不容易翻出來的手機都關不了，只能繼續縮在原地。

「情花開，開燦爛，冬日寒也溫暖——」

手機鈴聲再次響起，這回綠豆的心臟已經瀕臨罷工的絕境，心想到底是哪個豬頭三又打電話給她？雙手抖動的程度比戒毒患者還要劇烈，根本握不住手機，遑論關機，最悲慘的命運還不止於此，握不住的手機竟然就這樣當著她的面——滾了出去！

很好，這下子就算要不暴露位置也難了。綠豆只能保佑奇蹟出現，期望周火旺最好耳背，如果瞎了眼更好。

「媽祖、觀世音菩薩和聖母馬利亞，還有各路神明啊，拜託拜託，雖然我平時六根不淨，又老是造口業，但是我平時做人也不壞，我真的不想那麼早死，尤其我這麼漂亮還守身如玉……就算你們很忙，也要記得保佑我，我真的不想死在惡鬼手上……」

綠豆嘴上念念有詞，專心地祈求神蹟出現，卻猛然一陣狂風迎面而來，颳得她雙頰生疼，遮掩她身影的立牌不知道飛哪裡去了。

半透明的鬼影取代了立牌的位置，陰森森地看著綠豆，眼中布滿殺氣，嘴上掛著狂妄的獰笑。

看樣子，各路神明不是沒聽見她的祈禱，就是沒空。

「周……周……周……」綠豆的舌頭瞬間不知躲到哪裡去了，張嘴半天卻喊不出周火旺的全名。

「沒想到連老天爺都幫我，竟然讓妳自動送上門，省得我再跑一趟。」周火旺帶著惡臭的口氣一點都沒變，醺得綠豆在極度驚恐之餘，感到一陣頭暈目眩。

「臭丫頭，今天我就叫妳死無全屍——」

周火旺一手擊向綠豆的天靈蓋，綠豆出自本能地雙手抱頭，緊閉雙眼，渾身無法動彈。

再見了！美好的世界！……咦？奇怪？怎麼這麼久都沒動靜？難道周火旺這傢伙還要先熱身一下嗎？沒聽過惡鬼取人性命還需要緩衝時間做準備，現在是什麼情形？

綠豆緩緩地睜開眼，陡然發現一顆巨大的人頭充滿視線。

「哎呀——來人啊！救命啊！要出人命啦——」綠豆狼狽地退了好大一步，一時搞不清楚自己到底看見什麼東西，只知道先尖叫就對了。

「喂！小姐，妳沒問題吧？三更半夜在醫院裡面鬼吼鬼叫做什麼？」前方忽然出現一名少女的聲音，聽起來相當平靜，就跟一般擦肩而過的路人一樣表情冷漠，嗓音完全不帶感情。

「妳……妳……是誰？這麼晚了還在醫院裡面做什麼？」綠豆渾身止不住地發顫，「妳一定是周火旺變的！別以為換張臉就可以唬弄我，我綠豆雖然偶爾腦殘，但不是腦死，少用這種騙三歲小孩的把戲，我絕對不會上當，我警告妳不要再靠近我，我抓狂起來也是尚查某一個！」

綠豆開始模仿電視裡面常看到的武打招式，滿嘴呼呼哈哈地虛張聲勢，人家黃飛鴻的招牌動作明明帥氣又威風，怎麼她看起來像是猴子偷桃，還是看起來沒偷到桃子的倒楣潑猴？

感覺起來，果真是窮途末路的垂死掙扎，看上去好不悽涼……

「小姐，妳是不是剛從隔壁棟的精神科偷跑出來？給我看清楚，我、有、腳！」對方的回答也不怎麼客氣，還故意在綠豆面前跳兩下，甚至伸出自己的左右手，毫無預警地貼上綠豆的雙頰，「鬼魂的手有溫度嗎？妳眼睛睜大點，我是人！我會出現在這邊，是因為我在找人。」

綠豆半信半疑地四處張望，哪裡還有周火旺的鬼影？就連剛才和他對話的神祕人也早就不見蹤影。

「妳剛剛都沒看見什麼嗎？」綠豆緊張地問。

「妳希望我看見什麼？」少女一臉納悶地聳聳肩，臉上卻掛著令人匪夷所思的微笑，「除了妳之外，我只看見這個。」

她指著飛到走廊另一邊的人型立牌，談話的語氣就像討論今天餐廳的菜色有多爛的平常。

綠豆這時才稍微清醒一點，勉強多看了少女兩眼。眼前的女孩相當年輕，還穿著相當孩子氣的吊帶連身牛仔褲，搭配一件純棉短袖白色T恤，最顯眼的是及腰黑色直髮，不但看起來柔順絲滑，而且帶著烏黑的亮澤，打很厚的劉海讓她看起來就像個娃娃，只可惜身上斜背著比書包還要巨大的迷彩包包，整體搭上去和她娃娃般的臉蛋相當不協調。

「這麼晚了，妳是要找病人嗎？我是院內的護士，妳告訴我名字，我回單位可以幫妳調閱資料。」綠豆一臉驚魂未定，雖然搞不清楚到底發生什麼事，不過也托這位少女的福，總算讓她逃過一劫。

「喔，我不是要找病人，我也不知道對方的名字，只是我做了一個夢，要我來這邊找人。」少女孩是一臉笑嘻嘻，一點也沒察覺自己說出口的話有多不符合常理。

這女孩才是從隔壁棟脫逃的精神病患吧？她知不知道自己在說什麼？綠豆連繼續提問的力氣都沒有了。

「那……那妳慢慢找妳的夢中人，我還要趕著上班，先走了！」綠豆拖著半軟的雙腿往前移了幾步，撿起地上的手機，慶幸這隻手機怎麼這麼耐摔，竟然還可以顯示兩通未接來電，只是看到阿啪的電話號碼出現在螢幕上時，心底接連不斷的髒話問候阿啪全身，完全將劫後餘生的喜悅心情拋至腦後，只想以最快的速度衝到單位，好好的抓住猴子啪狂毆一頓洩恨。

「喂！妳等等！」少女突然叫住綠豆，趕緊跟上前道，「妳的額頭髒了。」

少女的動作很快，根本不等綠豆反應，立刻伸出自己的右手在綠豆的印堂上揮動，綠豆莫名其妙地感覺到少女的手指劃過自己的肌膚，對方完全不給她拒絕的機會，而且她根本不會拒絕別人的好意。

「好了！妳快點去上班，再見！」少女笑盈盈的跟她揮手道別。

綠豆根本沒想太多，只能傻愣愣地跟著揮手，看似失魂落魄地朝著單位前進。

面對這奇怪的少女，也沒有多餘的警戒心，現在她的腦海中只出現「周火旺回來了」幾個大字。

「林依芳！出大事了啦！」

綠豆一把扯掉依芳身上的棉被，拚著會被對方連砍好幾刀的危險，說什麼也要讓她了解事情的嚴重性。

原本擔心周火旺會找上單位，結果整整八個小時的坐立難安，換來的竟然只是虛驚一場。

綠豆以為一下班就可以找依芳討論，回到宿舍後才發現依芳還在睡，她二話不說，立即將人從床上挖起來。

歷經一個晚上的提心吊膽，綠豆並未如預期碰見周火旺找上門來，這實在令綠豆百思不得其解，周火旺明明就是針對她和依芳而來，昨天是千載難逢的下手良機，怎麼可能放過她？

「這次又是什麼事情？上次找不到妳的開運內衣也是大喊出事，妳對出事的定義要不要重新設定一下？」依芳不耐煩地咕噥著，翻過身背對綠豆，沒有棉被也照睡。

「這次是真的出大事，我昨天去上班的路上，妳知道我看見哪個好兄弟嗎？

妳絕對猜不到！他是……」

「我不想猜，也不要知道！」綠豆還來不及把話說完，依芳突然從床上跳起來，認真的眼神表明她完全不想插手任何與現實生活完全不相關的事物。

第一次見她清醒的速度這麼快。

綠豆傻眼之餘，嘴巴仍然不望繼續發揮功能：「可是這件事情很重要，攸關我……」

「妳哪一次不重要？我說過我要當正常人，以後不論妳遇見什麼稀奇古怪的朋友都不用介紹給我，我不想認識！」依芳一把搶過棉被，二話不說把自己蒙在被子裡，完全不想理綠豆。

綠豆被她的反應給徹底激怒，心想這傢伙是吃了兵營裡所有的彈藥嗎？火氣這麼大是怎麼回事？平時明明是很冷漠的一個人，今天卻情緒這麼激動，實在太反常。

「林依芳，妳是怎麼回事？」綠豆看著床上用棉被包得密不通風的物體大叫。

顯然依芳打算來個相應不理，這會兒別說答腔，就連動也不動一下，就算是要賴成性的綠豆也同樣沒轍，只能將滿腹的痛楚往自己的肚裡吞，心裡隱約覺得依芳不對勁，但是依芳平時也沒對勁過，老是陰陽怪氣，只是現在症狀更加明顯而已。

「好！林依芳，從今以後我絕對不會再跟提起其他空間的任何事物，如果我說了，我……我……我就是小孬孬啦！」

綠豆氣呼呼地走回自己的床位，打定主意除非依芳開口求她，否則她絕對不會再次向她提及「周火旺」這三個字。

只是當綠豆的眼睛掃向依芳的書桌時，赫然發現依芳桌上擺放著大小不等的瓶瓶罐罐，其中還有一部分是目前最流行的彩妝商品。

「等等，這是怎麼回事？依芳從來不碰化妝品，連保養品都捨不得買，應該……不可能會有這麼大的試用品吧？」

依芳不是那種特別注重外表的人，雖然稱不上不修邊幅，但是甚少費心打扮。若是仔細回想，這幾天下來，依芳停留在鏡子前的時間的確變長了，而且常常莫名其妙地對著鏡子傻笑。

綠豆拿起其中一瓶價值不菲的精華液，唯一的想法就是依芳發財了嗎？這個守財奴怎會這麼大手筆？

她看向依芳躺在床上的背影，不禁在心中浮現一個巨大的問號。

第五章　真相完結（五）

今天的狀況就和以往一樣，依芳保持完美的紀錄，同樣在最後一分鐘出現在單位，只是嘴裡打著哈欠，頂著兩個黑眼圈，看上去的氣色相當不好。

明明睡了很久，為什麼依芳的氣色會這麼差？

綠豆這兩天忙著和依芳賭氣，不過一見到她的模樣，卻也隱隱擔心起來。

「依芳，妳沒睡飽嗎？」兩人合力幫病患擦澡的同時，綠豆故作若無其事地關心。

「我也不知道是怎麼回事，我的睡眠時間已經超過十二小時，但還是感覺很累，好像一連三天都沒睡一樣。」依芳頻頻打哈欠，看她的模樣，好像真的非常需要休息。

此時綠豆的動物第六感就像雷達一樣，偵測到異常強烈的不尋常。

「妳這幾天在忙什麼？我一起床就沒看到妳，該不會跑去約會了吧？」綠豆隨口瞎扯，希望能從依芳口中套出一點訊息。

沒料到依芳卻滿臉通紅，少了平時沒大沒小的頂嘴，開始手忙腳亂地幫病患搓洗頭髮。

「林依芳，妳沒有沖水也沒加洗髮精，到底在洗什麼？」綠豆看著依芳的動作，忍不住大叫，一看就知道被自己說中了，依芳擺明被抓包的心虛模樣，要不被發現也很難。

「妳老實說，對方是誰？你們怎麼認識的？妳現在不准使用大腦、不准思考、不准猶豫，限三秒內回答！」

綠豆劈里啪啦地展開攻勢，她了解依芳的個性，萬一讓她有時間思考，能獲得的資訊肯定少之又少。

依芳漲紅了臉，支支吾吾說不出一句話來，綠豆的質問讓她招架不住，但是綠豆這人雖然對於保密一向很有心，卻常常力不足，令依芳難以坦白。

「沒有啦！妳不要隨便亂猜。」依芳好不容易才擠出這幾個字，猛然一陣眩暈襲來，有種頭重腳輕的感覺……

「拜託，要說謊就不要這麼心虛嘛！明明該幫病患洗頭，現在十隻手指頭卻在病患臉上按摩，我們醫院沒有附贈作臉服務好嗎！」綠豆毫不客氣地指著病患的臉嚷著。

依芳到底有沒有認真的往病患的方向看，綠豆並不清楚，不過當自己看清病患的五官後，卻連後跳了三步，還狼狽至極地僵在原地。

「周、火、旺！」綠豆的叫聲只能用撕心裂肺來形容，若說白話一點，她快要被嚇到挫賽了。

「學姐，妳怎麼了？」在單位另一邊幫病患量體溫的嚕嚕米立即衝上前，處於狀況外的她對這名字顯得相當陌生。

綠豆渾身顫抖的等級足以媲美九二一大地震了，好不容易才舉起右手指著床上的病患，虛脫似地道：「@#$%&*$#@……」

「學姐，拜託妳說中文好嗎？我聽不ｓ懂啦！」嚕嚕米急得滿頭大汗，順著綠豆的手勢望去，並沒有發現什麼不對勁，病人還是好好地躺在病床上，除了頭上頂著一大堆泡沫外，實在看不出和其他床病患有什麼不同。

難道是……綠豆又看見什麼不該看的「東西」？

一想到這裡，嚕嚕米也跟著綠豆發抖起來。

面對口齒不清的綠豆，嚕嚕米急著找尋可以幫忙翻譯的依芳，而且只要依芳在場就不用怕，但是……人呢？

她剛剛不是還站在綠豆的對面幫忙嗎？依芳人呢？難道她自己先躲起來了？

「依芳！依芳！依芳！」綠豆忽然爆出刺耳的尖叫聲，雙手不斷激動地揮舞著。

嚕嚕米都快被綠豆的失控嚇死了，「學姐，妳能不能先冷靜一點？我們單位是加護病房，需要安……安……安……」嚕嚕米活像跳針的唱盤，不單單將所有想說的話卡在喉嚨，連雙腳也在瞬間像是消氣的氣球，毫不客氣地跟著跌坐在綠豆隔壁，只能看著頂著泡泡頭的病患……緩緩地從床上坐起。

病患猛然睜開眼，不論姿勢如何移動，視線卻死盯著無法動彈的綠豆和嚕嚕米，這時嚕嚕米才發現病患有兩張臉，只是這兩張臉重疊在一起，若是仔細看還以為自己的閃光度數又加深了。

「這……病患今天的昏迷指數不是三分嗎？怎麼一下子全滿了？」嚕嚕米的聲音聽起來帶著哭音，為什麼偏偏今天是她頂替阿啪上今天的大夜班？今天的夜班費會不會太難賺了一點？

「妳想聽到什麼答案？如果我說他嗑了整間工廠的蠻牛，所以拚出臺灣奇蹟，這樣妳相信嗎？」綠豆每次說廢話時總是中氣十足，不過她最想利用由恐懼激發而來的中氣飆髒話，而且還是對著依芳發飆。

這麼關鍵的時刻，她到底跑到哪裡去了？

「死丫頭，上次給妳跑掉了，我忍了這麼多天，絕對不會再放過妳！」周火旺的聲音低啞粗糙，而且是常人難以忍受的音頻，刺耳得令嚕嚕米急忙摀住雙耳。

周火旺猛然朝著綠豆飛撲，嚇得綠豆和嚕嚕米二話不說就往最近的床底下縮，兩人不約而同地慶幸這裡是重症單位，每個病患身上的管子絕對不會少，顯然是身上的管路牽制了周火旺的動作，只聽見外面的機器不斷發出碰撞聲和尖銳的警鈴聲，伴隨著周火旺不耐的怒吼，在空間內形成弔詭而令人心驚的重奏曲。

瑟縮在床底的兩人一見機不可失，二話不說由床底的另一邊鑽了出去，只是才將腦袋探出床底，竟然發現依芳就躺在他們面前，這裡不正是她剛剛站立的位置嗎？為什麼會倒在這邊？

「依芳被嚇到昏了嗎？不會吧！她是天師傳人耶！」綠豆一見她躺在地上，當下心中涼了半截，忍不住哀號道。

「不，她應該是睡著了。」嚕嚕米指著依芳的鼻子，「仔細觀察，她還在打呼呢。」

在這種天人交戰時，綠豆只能逼自己不停地深呼吸，直到確定自己的肺臟無法承受更多的氧氣為止，「很好，她算是我遇過摸魚摸得最誇張的學妹，還沒見過有人上班上到一半就直接躺在地板上睡覺，這筆帳我再慢慢跟她算，現在先拖她到護理站避風頭，動作快！」

綠豆開口說話的同時也跟著動作，趁著周火旺附身的軀體還無法自由行動之前，與嚕嚕米兩人各拖著依芳的一隻手臂，趕緊塞在ㄇ字型的桌下，還隨手抓了兩張電腦椅當掩護。

「學……學姐，現……現在到底底是……發生什麼……事？」嚕嚕米努力控制頻頻打架的牙齒，歷經千辛萬苦才能表達一句完整的句子。

「一言難盡，現在沒時間跟妳解釋這麼多，簡單來說，就是討債公司找上門，現在只剩依芳有辦法對付比黑道還恐怖上百倍的債主，快點把她叫醒！」

綠豆開始拍拍依芳的臉頰，嘴裡不斷低呼她的名字，但是任憑綠豆怎麼叫，依芳簡直和死屍沒有兩樣，甚至睡得比平時還沉。

「怎……怎麼回……事？她……根本叫不醒，正常人會這樣嗎？」連嚕嚕米都察覺依芳太不對勁，全身肌肉緊繃，拍打依芳的力道也跟著加重，眼看依芳的兩頰已經紅成一片，依舊一點動靜也沒有。

噹啷——噹啷——噹啷——噹啷——

時間一點一滴地流逝著，綠豆和嚕嚕米聽見來自病床上的聲響漸漸地逼近護理站，而且兩人猜測周火旺只怕無法扯掉所有的管路，所以才會聽見拉扯機器而劃過地板的怪異聲響，隨著聲響接近，兩人更加心慌。

「要死了！單位裡的每臺機器都昂貴地讓我哭爹喊娘，居然給我放在地上拖？今天就算有命活著離開單位，也沒命面對阿長，我的意外事件報告寫不完了我！」綠豆抓著自己的雙耳，忍不住激動地低聲嚷嚷。

嚕嚕米完全無法理解命在旦夕的當下，綠豆的腦袋為什麼只裝得下護理長？現在應該想辦法讓依芳醒過來才對吧？

噹啷——

聲音已經相當靠近三人藏匿的地點，更精確地來說，周火旺和三人只不過隔著靠背的薄薄桌板。

「阿母！」嚕嚕米雙手抱拳成祈禱狀，眼眶含淚而悽楚地呼喚著自己最愛的媽媽。

「吼！叫妳老媽做什麼？上次叫過了啦，換點臺詞行不行？」綠豆被嚕嚕米搞得心煩意亂，忍不住以氣音斥責。

沒想到，嚕嚕米害怕到完全不顧前後輩的倫理，悲憤地瞪了綠豆一點，心想連叫一下媽媽也不行，還有沒有天理啊？

「不然妳想聽我叫誰？不論是阿貓還是阿狗，我全都叫給妳聽啦！」嚕嚕米看似精神崩潰地回嘴，口水噴了綠豆一臉。

造反了！造反了！現在的學妹是怎麼回事？趁亂爬到她的頭頂上嗎？現在學妹的抗壓性一個比一個還差，面對這種環境就是要先深呼吸，告訴自己要冷靜，要學習面對洶湧而至的強烈壓力……

「林依芳！給老娘快點醒過來！」綠豆深吸了一大口氣後，一把抓起依芳的衣領，瘋狂搖晃，「好啦！我承認自己是小孬孬，周火旺就要殺過來了，妳再不醒過來，等妳睜開眼的時候，就是我們兩人……喔……不，是我們三人走上奈何橋的時候了！」

三人？嚕嚕米已經嚇到翻白眼兼口吐白沫，綠豆把自己也算進了去嗎？她後天還有一場聯誼，對方還是目前最搶手的公務人員，萬一她就這樣莫名其妙地跟著陪葬，實在太冤枉了！

「對了，依芳的護身符！」綠豆突然想到救命仙丹，就算依芳無法立即清醒過來，好歹還有護身符可以稍微抵擋。

好不容易燃起一絲希望，綠豆伸手摸索依芳的脖子，卻驚慌地發現，依芳脖子上根本什麼也沒有，現在別說綠豆一臉苦悶，連嚕嚕米也是。

怪談病院
第六章　真相完結（六）

「這怎麼可能！」綠豆臉上的欣喜瞬間消失，雙手開始往下移動，只差沒把依芳的衣領整個撕開。

照理說，依芳除了洗澡外，一向將護身符隨身帶在身上，她該不會像上次一樣又忘記帶了吧？

「學姐，妳不要再摸了啦，這樣看起來真的很變態耶！」嚕嚕米心急地出聲制止，心想這次真的完蛋了，到目前為止她的青春才正要綻放出奪目的光芒，怎麼火花都還沒來得及點燃就要熄滅了？

不過嚕嚕米還來不及為自己的青春哀悼，猛然瞧見倒吊的人頭驟然出現在桌底下，脖子以下的身軀正以倒吊姿勢浮在桌面以上。

人頭依舊是重疊的兩張臉，只是這回出現七孔流血的畫面，臉上還浮現許多爛瘡，很明顯看得出爛瘡上面浮現噁心的綠色液體，睜開的雙眼沒有瞳孔，只有令人渾身顫慄的血紅。

除此之外，臉上還遍布了大小不一的傷疤，張開的嘴和綠豆印象中的惡臭一模一樣，是混著濃烈酒精和臭水溝的味道。

這下可不得了了，嚕嚕米第一次和惡鬼有了近距離接觸，還來不及表達驚恐，就被周火旺的口臭弄昏過去。

此時，周遭的玻璃窗全發出「喀喀」的劇烈搖晃聲，綠豆甚至聽見桌面上物品全跟著震動的聲音，天花板上的日光燈這回沒有熄滅，全在這瞬間全轉成陰沉的暗紅色，營造出相當詭譎陰森的氣氛。

「想躲到哪裡去？要不是上次殺出程咬金，哪有機會讓妳活到現在？現在的時間剛剛好，省了我不少力氣，我一口氣將妳們全殺了，就沒人會來礙事了！」周火旺朝著綠豆嘿嘿笑了起來。

程咬金？綠豆對於周火旺的說辭感到疑惑，他口中的程咬金是誰？

周火旺才不管綠豆懂不懂，直接亮出手中剪刀，二話不說便朝著綠豆的眼睛刺去。

綠豆來不及大叫，更來不及閉上雙眼，只見額際向前發出耀眼的金光，照在周火旺臉上。

周火旺毫無防備地被金光照到，臉上冒出侵蝕般的白煙，痛得他甩下剪刀，摀起自己的臉，不斷地在地面上打滾。

縮在桌底下的綠豆茫然地看著這一幕，完全不明白現在到底演到哪裡了？周火旺明明是加害者，怎麼在一眨眼的時間……更正，是還來不及眨眼的時間內就轉變成被害者？而且打滾的姿勢看起來比敲到蛋蛋還要痛苦？她頭上冒出的金光是打哪來？為什麼周火旺的反應這麼大？

抱持著疑惑的心情，白煙慢慢的減少，地上人體的掙扎也漸漸減弱，綠豆雖然好奇心比別人還要茂盛好多倍，不過現在打死她也不想上前。

從自己的角度看去，周火旺的臉竟然……正在溶化。

呈現在進行式的溶化讓綠豆頻頻作噁，讓她不由得想起恐怖蠟像館的經典畫面，記得當初看這部影片時還噁心地連手中的鹹酥雞都吞不下去，現在別說是鹹酥雞，現在不管是鹹水雞還是肯德基，全都難以消受。

「妳……妳玩陰的，竟然在……額頭上畫十方化魂咒，妳……陰我……」周火旺一邊痛苦掙扎，一邊朝著綠豆叫囂，只是他的聲音越來越微弱……越來越無力……

十方化魂咒，這是什麼東西?!周火旺是不是被嚇到神智不清？她怎麼完全聽不懂他在說什麼？綠豆摸了摸自己的額頭，不明白上頭什麼時候畫了符咒，她自己都不知道！

「老大！幫我……報仇……幫我……幫我……幫……我……」周火旺的聲音終於漸漸停歇，身體也沒了動靜。

只見四周的窗戶和桌上物品全都停止震動，一切歸於平靜，只是綠豆的身邊卻有三個倒地不起的人體，其中一個還是被周火旺附身的病患。

綠豆雖然害怕周火旺，不過現在她更擔心病患是否無恙，確定病患連動也不動，才趕緊靠近病患，原本重疊的臉孔已經消失不見，取而代之的是病患原本臘黃又蒼老的臉孔。

綠豆趕緊探了探他的鼻息，還好，還有呼吸！而後她看了看周圍的狼藉，深深地嘆了口氣。

看樣子，今天晚上沒有阿啪，還是讓她有得忙了！

下班後，綠豆簡直快虛脫了，把嚕嚕米叫起來後，還倒了一杯白開水才將依芳潑醒。

三人合力將病患移到床上，並且認命地默默整理單位，期間依芳仍然不停地打哈欠，但是對於眼前的慘況卻故作無事，沒有開口詢問一個字，只是低頭安靜地幫忙整理。

就算依芳裝死的功力已經達到爐火純青的境界，面對眼下完全不合常理的情形，難道連關心一下也吝於付出？

上班時，她對依芳已經感到相當不諒解，下班後她還若無其事地洗好澡準備睡覺，綠豆終於忍不住了。

「依芳，妳阿公給妳的護身符呢？為什麼妳沒有帶在身上？」綠豆想裝出事不關己的語氣，但依芳這幾天的反常讓她不知不覺嚴肅起來。

依芳睜大眼睛盯著她，「妳怎麼知道我沒帶？」

「如果妳昨天夠清醒的話，就會明白我怎麼知道的。」綠豆站在她的面前，兩隻眼睛看起來都快冒出火花了，「妳這幾天幾乎都在昏睡也就算了，妳在上班時間竟然也睡得不醒人事？妳的睡眠中樞出問題了是不是？要不要帶妳到門診大樓的睡眠研究中心掛號？」

「不用！我很好！」依芳想也不想便立即拒絕，「只是這幾天有點累。」

依芳一說完，隨即在床上躺平，對於上班時演出的睡著戲碼沒有多餘解釋，臉上甚至沒有半點歉意，這和平時在臨床上總是小心翼翼的個性相差十萬八千里。

「妳知不知道護身符是多重要的東西？就算妳再累，也不該忘了把它帶在身上，那是危險時刻的保命符。」綠豆依舊站在她的床邊，明知道自己會被依芳討厭，卻還是不得不說出自己的警告。

「我不會再帶護身符。」依芳平靜的聲音傳了出來，「我說過我只是正常人，我想過正常的生活，我覺得我脖子上的項鍊比護身符更適合自己。」

「我以為妳只是嘴巴說說就算了，怎麼妳……」綠豆氣得說不出話來，正想繼續碎念的同時，卻察覺依芳的回答好像怪怪的。

她剛剛說脖子上的項鍊比護身符更適合自己？綠豆記得昨天摸索半天，她的脖子上什麼也沒有啊！

不對！依芳一定有問題，不然她的態度怎麼可能會一百八十度大轉變？綠豆這人呢，說廢話很在行，一提到正經事就沒輒，礙於依芳什麼也不肯說，以自己拙劣的溝通技巧也不可能問出什麼。

她煩躁地躺在床上翻來覆去，怎樣就是睡不好，任憑想破腦袋也不明白依芳到底發生什麼事，明明上下班都一起，怎麼沒發現有什麼不對勁？

不知道翻滾了多久，眼看時間一分一秒過去，綠豆的情緒也越來越焦慮，若是再不快點入睡，晚上的大夜班絕對會生不如死……

全都是依芳的錯，自己睡得這麼好，卻害她失眠！

正當綠豆打算把自己敲暈時，她突然看見依芳俐落地翻身下床，被嚇一跳的綠豆趕緊半瞇眼睛裝睡。

她從來沒見過依芳下床如此爽快過！

抬頭看向床旁鬧鐘，現在晚上七點，離上班時間還有四個小時，通常這段時間她們早就睡到太平洋，尤其是依芳恐怕連魂魄都回不來了，以往上班時間到了還不肯下床，怎麼現在這麼開心？

難道依芳都是趁她睡覺的這段時間出門嗎？綠豆不禁聯想起依芳的反常和她現在的舉動有著極大關係。

綠豆窩在棉被裡，偷偷觀察依芳的一舉一動，發現依芳不但少了平時的起床氣，嘴裡還不停輕哼著樂曲。

到底有什麼事可以讓她如此高興，還破天荒地化起妝來？現在是天地顛倒，還是瀑布逆流？這裡面果然大有文章，綠豆暗暗心想。

女人化妝果然不是普通的花時間，依芳足足弄了半個小時以上才出門。

依芳前腳一離開，綠豆後腳就偷偷摸摸地跟了出門。

只見依芳走出醫院，臉上的笑容始終不曾消失，跟在身後的綠豆卻越來越摸不著頭緒，因為依芳前進的方向竟然是醫院附近的暗巷，而且還是上次她們跑進去報警的暗巷。

她記得依芳抱怨過這裡很容易迷路，她怎麼在這麼晚的時間裡跑進去？

怪談病院
第七章　真相完結（七）

暗巷和外面的街道儼然兩個世界，不同於外頭的熱鬧紛擾，裡面只有微弱而昏黃的光線，強烈的垃圾臭味瀰漫巷子，偶爾竄過幾隻跟貓一樣大的灰老鼠，噁心程度不亞於腐臭味。

森冷的風颳著綠豆的臉，依芳急促的腳步聲刺激著她的耳膜，腳下幾乎難以分辨的影子正散發著不尋常的黑暗氛圍。

媽呀！哪個正常人會在這時間跑進這裡？這裡只差沒放上墓碑，不然恐怖的程度絕對不輸墳場，從沒想過夜晚的暗巷令人渾身不舒服到一個極致，依芳若是真的去約會，那麼地點也挑得太另類了吧？

隨著心中的問號不斷擴大，綠豆為了避免跟丟，也顧不得被發現的危險，相當積極地跟在依芳身後，只是暗巷裡面接著連接一條又一條的小巷子，搞到最後連綠豆也不清楚現在的位置。

但是在她的印象中，依芳的方向感不好，她又是外地人，怎麼會如此熟悉這邊的地形？而且綠豆一路跟著依芳卻一路納悶，怎麼走了這麼久竟然還在巷子裡面同樣的範圍打轉。

綠豆的腦容量小歸小，但是心底也浮現相當不妙的預感，甚至有種大禍臨頭的感覺。

走了好一段路，依芳終於停下腳步，綠豆趕緊在轉角處偷偷隱身，暗中觀察，只見依芳朝著前方傻笑，看起來還相當開心，就像戀愛中的少女那般羞澀，當她開口說話，因為距離的關係，綠豆完全聽不清楚她說些什麼。

綠豆順著依芳的方向望去，隨即震驚地倒抽一口氣。

依芳的前面根本什麼也沒有，她在跟誰說話、對誰笑？

綠豆的心臟彷彿是座太鼓，鼓棒正毫不留情地敲擊，力道之強讓她懷疑自己的心臟隨時都有被擊碎的可能，因為依芳的舉動實在是超乎她的理解，她自己也是陰陽眼，別說是人，就算是鬼也能看得見，除非依芳跟高階神明說話，不然她沒道理看不見，不過令人沮喪的事實是依芳的能力根本不足以和高階神明溝通，唯一的可能性在綠豆的心中徹底被推翻。

如果不是神，難、難道是……鬼?!

想到這裡，綠豆也管不了這麼多了，這地方看起來實在詭異得不像話，就算依芳打她或罵她也無妨，此時就算拖也要把她拖回去，等回到宿舍後再慢慢逼問她。

「依芳，妳在這裡做什麼？快點跟我回去！」綠豆根本沒想到後果，一股作氣地衝到依芳的身邊，拉起依芳冰冷宛若寒冰的手，頭也不回地往前走，就算現在已經搞不清楚方向，還是要趕緊找到出口離開。

「學姐……妳怎會在這邊？妳在幹嘛？」被拖了一小段路，依芳在錯愕之中回過神，氣急敗壞地甩開綠豆的手。

「這句話應該是我問妳才對！妳在這裡做什麼？妳知不知道這裡很危險？快點跟我回去！」綠豆想也不想的轉身要拉住依芳，她卻退後了一大步。

依芳激烈地搖著頭，「我還不想回去，有他會保護我，這裡哪裡危險了？」

依芳說話的同時還不停地回頭看，腳步更是節節後退，綠豆氣得想拿狼牙棒往她的腦袋狠狠得敲下去，「這時間會出現在這裡的絕對不是什麼好東西，除了我們兩個，沒有其他人，連鬼都沒看到一隻，妳是不是壓力太大，所以產生幻覺……」

綠豆的聲音忽然無預警中斷，像是被滷蛋噎住一般，完全說不出話。

她隨著依芳的視線看了過去，一名高眺而身材勻稱的男子正站在陰暗的角落中，靜靜地凝視著她們。

真的有男人？綠豆嚇得倒退好幾步，難道是因為距離再加上男子處在角落，導致視線有限才沒注意到有第三個人的存在嗎？

「妳……妳……真的是在約會？」綠豆開始結結巴巴，「愛情的力量果然偉大，竟然連這種鬼地方也敢來？與其在這邊，不如去找鬼屋還比較有情調一點，對吧？呵……呵……呵……」

綠豆尷尬地笑了幾聲，懊惱自己的老媽怎麼沒給自己多生幾個腦袋，現在可好了，依芳一定恨死她壞了好事。

男子緩緩地走上前來，打在牆上的虛弱光線倒映在男子的面容，當綠豆再看男子一眼時，忍不住再度倒抽一口氣，這男人……不是目前當紅八點檔連續劇的男主角——依芳唯一迷戀的男明星嗎？

最受注目的男明星竟然出現在這種地方，只為了和依芳見面？天下雖然無奇不有，不過唯獨這件事情讓綠豆連最基本的呼吸都忘了。

「你們……那個……那個……我有看錯嗎？那是我心裡所想的那個人嗎？」綠豆幾乎結結巴巴地問道。

一見到依芳默默點頭，嘴邊還掛著無法掩飾的笑容時，綠豆不知道該怎麼反應了，應該先讓他簽名，還是該抓緊機會偷抱一下？

不論哪一種，她都想要！綠豆頓時興奮地忘記自己到底是來做什麼了。如果可以，她超想立即打電話通報所有的親朋好友！

綠豆隨即低頭摸索自己的口袋，視線正好不經意地掃過地面，綠豆一愣，好像有什麼不對勁啊……

「為什麼……你沒有影子？」她嚥了嚥唾沫，一個字一個字小心地問。

他沒有影子！他的腳下根本沒有影子！就算這邊再陰暗，也不可能完全沒有影子，何況她和依芳的影子清清楚楚，怎麼可能唯獨他沒有？

男子沒有回答，但是看著綠豆的眼神漸漸地布滿陰霾，原本的招牌笑容頓時散發著陰陰的獰笑，整張臉失去原先的帥氣。

「依芳，他沒有影子，他不是人，不是真的祈風啦！」綠豆急得大叫，一把拉過依芳，絕對不讓依芳再靠近眼前不知道是鬼還是什麼東西的傢伙。

一聽綠豆這麼大聲一叫，依芳彷若當頭棒喝，一臉驚愕地低頭一看——果真沒有影子！

怎麼這幾天自己都沒注意到？反而被是平時神經遲鈍到沒天良的綠豆發現！

「這怎麼可能？不可能！」依芳還處在否認的階段，她沒辦法接受這樣的事實，如果眼前的男人不是電視上的祈風，那他是誰？這幾天的美夢不就全是一場空？

始終站在原地的祈風帶著詭異的眼神微微笑著，不發一語，但是全身上下卻像是受到電磁波干擾的電視畫面，整個人變得模糊，而且就在下一秒，祈風由四肢到軀幹漸漸分解成細沙，隨風漸漸消逝……

「挖靠！這不是蜘蛛人裡面的沙人才有的特技表演？現在又不是尾牙，我們也沒包紅包，用不著這麼大費周章吧？」綠豆忍不住在原地哀號，光是看著眼前的景象就知道有大麻煩了。

不過當她轉頭看見依芳的反應後，綠豆才驚覺不止是大麻煩，而是天大的麻煩！

依芳兩眼呆滯，渾身僵硬，如果帶著恐龍頭套，簡直和博物館展覽的化石沒兩樣了！

拜託，不要又在這種時候出狀況啊啊啊！綠豆開始在心中拚命祈禱。

通常這種場面只有依芳能夠依靠，之前依芳睡死還能讓大家平安脫困是運氣好，通常好運不過三，聽過有誰連中三期以上的樂透前三獎嗎？就算運勢再強，也有用完的一天啊……

所以，依芳千萬不要在這時候又給她倒下去，不然她們真的就要去奈何橋見了。

「依芳，清醒一點！」綠豆急著大叫，「現在沒時間讓妳做表情，請妳好心一點，不管妳看到蜘蛛人還是外星人都不重要，先想辦法讓我們離開這邊，等出去之後再讓妳慢慢惆悵行不行？」

此時的依芳，比被打槍中彈還要痛苦千萬倍，為什麼前一刻還充斥著粉紅色泡泡的美好景象，卻在頃刻間化為塵埃，這叫她情何以堪？

綠豆見依芳沒辦法在短時間振作起來，二話不說便抓著她往回跑，不管怎麼樣，先逃就是了。

只是當兩人拔腿狂奔的當下，突然捲起一陣狂風，綠豆發誓除了電影之外，不曾見過龍捲風，而且這龍捲風還真不是普通的纖細，竟然可以穿梭在這麼狹窄的巷弄之內，甚至沒損毀兩旁的水泥牆，以非自然的型態朝她們直撲而來。

眼看地上的垃圾全被捲上天，兩人的心臟也彷彿掛在半空中晃蕩，完全摸不著邊際，尤其綠豆瞧見灰老鼠也跟著被捲進漩渦的驚恐掙扎，渾身跟著不對勁，她可以忍受跟狗屎上演「當我們黏在一起」的戲碼，但是無法想像和臭水溝裡的老鼠抱在一起共同演出「有你真好」。

綠豆心情上的焦慮連筆墨都無法形容，沒有底線的想像力讓她墜入超恐怖境界，嗚嗚，她不想被跟老鼠一起被龍捲風弄死啊……

「快點想想辦法啊！」她的聲音被巨大的風浪給蓋過，逼得她不得不扯開喉嚨，使盡全身所有力氣大喊。

但是依芳卻是一副被嚇傻的表情，只能語帶慌亂地猛搖頭，「我能有什麼辦法？別說我從沒遇過這種場面，我連聽都沒聽過！」

現在依芳萬分懊悔自己捲入凶險萬分的情境裡，要怪就該怪她自己不該一時被迷惑，導致陷入走投無路的陷阱之中，而且還拖累無辜的綠豆。

「那……那……那現在怎麼辦？」綠豆懷疑依芳此時的精神和反應狀態比平時還要差，不忘拉著她連連後退，「災難應變課程有提到被捲入龍捲風之後該如何自保嗎？例如被捲進去時該做什麼？」

「做好投胎的準備。」依芳毫不客氣地回答，刻意忽略綠豆的額頭上一片慘綠，「當下只能好好享受妳人生的最後一小段路，別去想自己的屍體可能在幾公里之外的慘況。」

這是什麼爛回答！

依芳的回答總是讓綠豆有急怒攻心的症狀，雖然這才像是自家學妹的調調，但是她這種不討喜的風格，實在很令人捶心肝。

眼看無路可退，綠豆連忙道：「快點找玄罡出來！不論什麼要求我都答應，就算要我當他的貼身女奴服侍他，我也絕對不會有第二句話啦！」此時歇斯底里四個字已經不足以形容綠豆的情緒反應，尖叫聲簡直快要貫穿依芳的耳膜，只是當她提到貼身女奴這四字時，依芳敏銳地察覺到她語氣特別興奮……

這對玄罡來說，到底是獎賞還是懲罰啊？

「來不及了啦！」依芳的眼睛盯著眼前的風速，剩下不到一分鐘的時間她們就會被捲上天了。

死定啦！這下真的只能兩手一攤，準備等死了！綠豆和依芳不約而同地在心底瘋狂尖叫，喉嚨卻像上了鎖一樣，什麼聲音也沒有。

只剩那麼一小步，兩人已經感覺到自己的衣角開始不受控制地往前拉扯，眼看兩人就要捲入旋風中……

「三界神靈奉符令，八卦乾坤破幻境，破！」天際突然傳來響亮的咒語，只見凌空劈來一道閃亮銀雷，眼前的龍捲風硬生生被劈成兩半，轉眼間煙消雲散。

四周回覆先前的景致，巷子依舊呈現昏暗的，但是卻少了陰森感，耳邊也隱約聽見巷子外喧鬧的吵雜聲，尤其是選舉車的放送聲更是響徹雲霄，要不聽見也很難。

平時在宿舍覺得這些聲音吵死了，現在恍如隔世的聲音卻宛若天籟，兩人原本忘記運作的呼吸驟時回覆往常的律動，但是兩人的臉上都流露出難以置信的表情。

「剛剛是妳……？」綠豆確定自己聽見咒語，在場唯一懂咒語的不是只有依芳嗎？

依芳拚了命地搖頭，「不是我！這咒語我連聽都沒聽過！」

「不是妳？那……還有誰？」綠豆的一顆心又再度提了起來，「應該不會又出現一些五四三的奇怪靈體吧？」

第八章　真相完結（八）

「我跟妳說過我是人！」角落裡傳來一陣清脆悅耳的說話聲。

隨著聲音響起，人影也漸漸出現，映入眼簾的是一名斜背著大型包包的少女，娃娃般的細緻臉蛋有著不可一世的神情，身後的長髮瀟灑的隨風飄逸，移動的腳步雖然輕盈，卻帶著這年紀少有的沉穩。

「是妳？」綠豆張大的嘴巴呈現相當誇張的延展，沒料到竟是當初在走廊上遇見的那名少女，「妳不是當初說要找夢中人的那位同學？妳怎會出現在這邊？」

少女隨即浮現不以為然的表情，「先聲明我已經不是學生，而且我已經從學校畢業好幾年，至於我怎會出現在這邊，是因為我要找的人就在這裡！」

她要找的人在這裡？可是這邊只有她們兩個，難不成她要找的人是依芳？這到底是怎麼回事？是誰托夢給她？

「喂！妳就是林大權的孫女吧？妳曉得自己有個師姑婆嗎？」少女的語氣粗魯，完全不輸綠豆。

依芳這時才猛然想起老洪曾經在動土典禮那天提到一點，他說過某些事情除了阿公外，大概只剩下師姑婆有辦法解決。

這麼說起來，眼前的少女是……？

「我知道！我知道！」綠豆也回想起這號人物，只差沒開心的拍手叫好，「是師姑婆派妳來的吧？沒想到連師姑婆派來的徒弟這麼了不起，妳這麼年輕就這麼厲害，可見師姑婆一定是個了不得的狠角色！對了，師姑婆現在在哪裡？她怎麼沒有出現？」

綠豆一旦出現亢奮狀態就開始喋喋不休，顯然她對這位神祕的師姑婆充滿信心，畢竟依芳的阿公簡直是崇高等級的最佳代言人，師姑婆也絕對不會差到哪裡去，就算再怎麼不濟，起碼比依芳還要讓人有信心多了。

「欸欸欸！她爺爺的小師妹……」少女突然動作誇張地伸手指向自己的鼻子，「就是我！我就是第十一代天師——白星雲。」

「妳?!」別說綠豆張嘴的寬度已經連最後一顆牙齒都能看得一清二楚，就連依芳也不約而同地跟著大叫起來。

以輩分來算，怎樣也不可能是個跟學生差不多年紀的小女生吧？

「幹嘛幹嘛？不相信啊？難道妳們都沒在看武俠小說？難道不知道論輩不論歲的道理？」白星雲狂妄的將自己的腦袋抬高四十五度角，「我們家族除了我老爸吃錯藥而成為基督教教徒之外，歷代全都是天師，妳爺爺是我家臭老頭的徒弟，而我則是跳過我那蠢老爸成為家族第十一代弟子，所以論輩分，我是妳的師姑婆。」

雖然白星雲努力地解釋，但綠豆和依芳仍然處於相當震驚的狀態下，腦筋一時轉不過來，只能暗暗算起年齡上的差距。

如果白星雲和依芳差不多年紀，這麼比較起來，兩人的爺爺應該也差不多年紀，怎會是師徒關係？而且依芳不是說過當初林大權是因為睡在神桌下才擁有神奇的力量？

「我阿公是妳的師兄？妳年紀看起來比我還小欸！雖然論輩不論歲，但是這差距實在是令人難以相信！」言下之意，依芳根本不相信會有歲數差這麼多的師兄妹，套句目前的流行語，這太瞎了吧？

「和妳的道行比較起來，我當妳的師祖都綽綽有餘啦！看我剛剛行雲流水般的精采表演，還要懷疑什麼？」白星雲一把抓起依芳的衣領，看起來她的脾氣不是普通暴躁。

被衣領勒得差點無法呼吸的依芳，只能急急忙忙地道：「可是……我從沒聽過我阿公提過他有師父，更沒說過有個小師妹。」

「那是因為我跟妳爺爺一點也不熟，正確的說，我們根本沒見過面！」白星雲不耐煩的放開依芳，不改跋扈的語氣道：「天師分為兩派，一派是欽命天師，一派則是一般天師，我屬於後者，而你爺爺就是欽命天師，加上我們兩人各自立門戶，沒有往來也不奇怪。」

「欽命天師？」依芳一臉納悶，天師就是天師，還有分類？

「沒錯。欽命天師和一般天師不同，欽命天師是由神明下旨號令，是屬於最高等級天師，所有術法都由神明透過考驗而間接傳授或激發潛能；一般天師則是挑出具備玄學悟性和天分或是願意吃苦的人選，仰賴後天學習和平時修為，這是兩者之間的差異。

「簡單來說，一個是先天注定，一個是後天養成，而妳跟妳爺爺一樣都是經過挑選的欽命天師。」

當初林大權在拜師不到三年後便成為欽命天師，所以在短時間內便自立門戶，師徒之情未曾間斷，但是因為和白星雲的年齡差距太大，所以彼此並無交集。

「依芳是最高等級天師，而且還是神明親自挑選的？雖然我知道神明萬萬不可冒犯，但是我真的很疑惑，神明到底看上依芳哪一點？她不論怎麼看都不像是天師的料耶，她前兩天還吵著要當正常人，連護身符都不肯戴，怎麼說都說不聽，有夠煩的！」綠豆激動的指著依芳，實在不明白這世界是怎麼了，難道這世上的人才全都死光了嗎？

「那個是因為……祈風跟我說他喜歡單純的女孩子，最討厭怪力亂神，又送了我一條很漂亮的項鍊，希望我能隨時把項鍊帶在身上，他還說護身符和項鍊不搭，所以我才會把護身符拿下來，哪知道這一切都是騙局……」依芳氣憤地漲紅了臉，伸手一摸脖子，哪還有項鍊的蹤跡？

項鍊也和祈風一樣隨風消逝了。

「妳到底有沒有長腦袋，人家是黃金八點檔的超人氣男主角，怎可能會看上妳？何況有誰約會會在這種地方？妳以為沒有光線的地方可以讓自己看起來比較漂亮嗎？就算妳要耍呆，也要有個底限，人家……」

「哎呀！」依芳惱羞成怒地大吼，綠豆嚇得趕緊閉嘴，「他說怕被狗仔跟拍，所以我才沒有疑心，沒想到竟然是有人利用我的愛慕來玩弄我的感情，被我抓到了，絕對要把他碎、屍、萬、段！」

依芳咬牙切齒地緊握雙拳，指掌間的關節正咔咔作響，雙眼甚至爆出微細血絲，白星雲卻無奈地搖搖頭，一臉嗤之以鼻的神情。

「嘖嘖！憑妳能讓誰碎屍萬段？一點警覺性都沒有，而且看起來又兩光，連基本防身術都會出包，人家擺明是針對妳而來，還傻傻地掉入陷阱，這是各家邪術最基本的幻術之一，這種迷魅術非常簡單，一但進入這條巷子特定的施法點，妳就會持續產生幻覺，直到有人破解為止。」言下之意就是斥責身為欽命天師的傳人，如此輕易就中招？，太不可思議了。

若是平時警覺度夠高，應該會注意到不對勁的地方，怎會掉進陷阱還不自知？一般而言，這種的術法的侷限性很高，只要不靠近絕不會出事，這也就是為什麼一開始綠豆只看見依芳對著空氣說話的原因，那時她還未接近施法點，直到上前和依芳拉扯時，才跟著產生幻覺。

「還好老洪托夢急著要我來找妳，不然妳還有小命站在這邊順暢的呼吸嗎？」白星雲的口氣不好，卻不難聽出背後的隱憂。

老洪托夢？從動土典禮後就沒有洪叔的消息了，沒想到他會幫忙托夢搬救兵，這份救命大恩實在難以回報啊！

只是，為什麼有電話不打，有電子信箱不用，為什麼要用托夢這一招？難道……

「洪叔怎麼了嗎？」依芳的腦海中只浮現不好的預感，她完全搞不清楚到底是誰找上自己，為什麼連老洪都牽扯進去了？

白星雲面無表情地搖著頭，「我不清楚，不過我可以確定兩件事：第一，夢中的老洪不是怨魂，他應該還活著；第二就是老洪目前處在困境中，若不是沒有辦法與我聯繫，他不可能會托夢。所以我除了找妳之外，同時也在找老洪，我擔心這件事與二十年前的事有關……」

二十年前？這和二十年前有什麼關係？那時候的依芳搞不好連路都走不穩，怎麼可能和人結怨？對方是不是認錯人了？任憑依芳想破頭也無法明白這到底怎麼回事。

「當我趕過來的時候，就發現這家醫院不對勁，但又怕打草驚蛇，只好暗中幫忙。」

「所以說，那天周火旺是因為妳才讓我逃過一劫囉？這麼說起來，當初妳說我額頭髒了，是妳暗中幫我畫上十……十……十……」一時之間，綠豆想不起來周火旺魂飛魄散前所說的專有名詞。

「十方化魂咒！」白星雲接腔，「這是相當強力且近距離的符咒，除非帶有攻擊意圖的妖魔鬼怪非常靠近，否則不會發生效用。因為十方化魂咒足讓惡鬼煙消雲散，不過這種符咒只能維持幾天的時間，有限期間短暫。」

白星雲當天夢見老洪一臉慌張，嘴裡嚷著出事了，只說了好家在醫院和天師傳人兩句話，一瞬間就消失無蹤，讓她所能獲得的資訊相當有限，一時不明白到底是什麼狀況，但是她知道老洪必定出事了，便依照夢中看到的畫面找到這家醫院。

一到醫院就察覺有極大的怨氣和邪氣，所以她選擇先躲在暗處靜觀其變，才會順手幫了綠豆，進而找到依芳，慢慢將所有事情連接起來。

「這件事說來話長，這裡不是談話的好地方，我們先回醫院再說吧！」白星雲雖然看起來年紀尚輕，言談之中卻帶有強悍的霸氣，凜然的氣勢完全不符合她的外表，有種難以言喻的正氣，讓依芳和綠豆不由得產生信任感，如今白星雲是上天掉下來的救星，唯有跟隨她的腳步，或許才有機會釐清這一切的混亂。

三人回到醫院，此時的門診大樓已到休診時間，少了日間人擠人的盛況，整棟大樓冷冷清清。尤其目前為了響應節能減炭的政策，只剩幾盞省電燈泡獨立支撐偌大空間的光明，和平時相較之下，少了一絲亮度而多了一分森然。

從院外通往宿舍最近的通道就要先經過門診大樓的偏門，這條路徑在綠豆和依芳的眼裡並無異狀，可能是平時進出頻繁，早就習慣成自然了，面對空蕩蕩的大樓並無特別的感覺，但是白星雲才一踏入第一步，隨即站定不動，

「師姑婆？怎……怎麼了？」走到一半卻發現白星雲沒跟上來，綠豆一回頭就發現她神色凝重，瞬間渾身跟著緊繃，連忙躡著腳尖跑回白星雲的身邊。

該不會現在又有什麼狀況了吧？剛剛才經歷生死關頭，該不會現在又來了吧？怎麼今晚的怪事特別多啊？綠豆忍不住在心中哀號。

依芳一見兩人都站在門口的位置，心底多少有點不踏實，也因為白星雲的反應，依芳才隱約感覺到大樓內的磁場好像不太對勁。

綠豆和依芳疑神疑鬼地向四周張望，除了不怎麼明亮外，大樓就和平常一樣單調而空曠，什麼也沒有。

「想瞞過我的眼睛？」白星雲的嘴邊揚起自信的笑容，「我再怎麼說也是第十一代天師，竟敢小看我？」

語畢，白星雲從側背包中拿出一把木劍，根據綠豆和依芳看鬼片的經驗而言，這把應該就是桃木劍，具有降妖伏魔的效用，只是……這麼大一把桃木

劍，到底是怎麼塞進包包裡的？就算包包容量很大，也沒大到這麼誇張吧？

只見白星雲拿著桃木劍耍了幾招劍法，這幾個招式越看越眼熟。

「這個劍法我有印象，我在天兵的教學手冊裡面看過！」依芳突然興高采烈地叫了起來，這是收妖攝魂的步驟之一。

「妳有印象？那妳平常為什麼不用？這招就算不中用，至少視覺效果很讚啊！」綠豆誇張地叫了起來。

依芳這傢伙真的很暴殄天物，有這麼炫的招式也不用一下。

「我又沒有桃木劍，妳要我拿什麼東西來耍？針筒還是點滴架？」依芳沒好氣地瞪了綠豆一眼，嘴裡不饒人地反駁道。

正當綠豆和依芳兩人眼花撩亂的當下，白星雲將手中的桃木劍往前奮力一射，桃木劍的尖端竟然沒入前方的水泥柱。

綠豆和依芳完全不敢相信自己所看見的景象，一把木劍竟然和水泥柱成九十度角，而且屹立不搖。

而水泥柱就像被X光照射的人體，突然變成半透明狀，兩人看見桃木劍的下方出現一名渾身不停顫抖的鬼魂。

如果不是白星雲用這一招，她們根本不知道柱子裡面竟躲著一隻鬼，而且這隻鬼還要命的眼熟，這不就是當初被車子撞成稀巴爛的張志明嗎？以時間計算，他現在應該在枉死城才對，怎會在這裡？

綠豆還來不及提出心中的疑問，白星雲竟然從腹部位置的口袋中抓出一把黃符，一把擲向眼前的張志明。

說也奇怪，原本軟啪啪的符紙變得銳利無比，也跟著桃木劍一樣插在水泥柱上面！只見張志明連滾帶爬地隱身在另一根柱子裡。

「哇賽！現在是在拍電影啊？」綠豆連連驚呼。

「妳還有時間看戲？師姑婆不是在開玩笑的，就算天師不會讓無反擊能力的靈體魂飛魄散，萬一被天師抓到，通常是罪加一等。師姑婆和我不一樣，她的傢伙這麼多，阿飄一旦落入她的手裡，就算沒有灰飛湮滅，魂魄也不齊全了，還不快點想辦法幫他？」

依芳這麼說也有道理，白星雲走在路上看起來就像平凡的學生，但是剛才的架式虎虎生風，怎麼看都是個狠角色，暫且不管張志明為何會出現在此，趕緊讓白星雲停下手邊毫不留情的攻勢再說。

「師姑婆！大家都自己人，手下留情啦！」綠豆跟在白星雲身後大叫，心底開始同情和她作對的鬼魂，這樣凌厲的攻勢讓人難以阻止。

不過對於平常人來說，白星雲和依芳的體型差不多，都屬於身材纖細、看起來弱不禁風的類型，雖然她看起來招式很多很花俏，不過若是拚蠻力，綠豆自認不會輸。

「妳們跟這隻鬼是自己人？開什麼玩笑！」白星雲的眼底冒出火焰，被抓住的右手猛力向前一甩，綠豆就像斷了線的風箏，不斷往上攀升，直到屁股和牆壁有了親密接觸之後才接受地心引力的召喚。

跌落地面的綠豆不只屁股開花，連腦袋都閃著金光和星星，她實在太低估白星雲，如此瘦弱的身軀竟可以單手把她丟著玩？這師姑婆到底是吃什麼長大的？

縱使依芳有陰陽眼，但是躲在實體之下的靈體就無法看見，畢竟她還無法像白星雲一樣可以透視實心的物體，但她可猜想得到張志明生性膽小，白星雲還沒逮到他，他就先嚇得三魂七魄鬧分家了。

白星雲不但身上裝了雷達，連腦袋後面也加裝了衛星導航一樣，連轉身都不用，揚手往後一甩，只見五個沾有點點朱紅的古銅錢也跟著鑲在身後的水泥柱上，還整整齊齊地排成一列，還好張志明在地上滾了好幾圈才躲過一劫。

已經無處可躲的張志明仍然不放棄地四處竄逃，依芳見狀，趕緊衝上前架住白星雲，大叫：「師姑婆，他是我們以前的病患，妳先冷靜聽他說些什麼，到時想抓他也不遲啊！」

「好！」白星雲不耐煩地抖動肩膀兩下，依芳彷彿被一股巨大力量給震了下來，「我就聽他說些什麼！」

原本跌坐在地的綠豆一聽，趕緊狼狽地爬了起來，朝著空間內嚷著：「阿飄，你出來把話說清楚，師姑婆就不會抓你了！你到底出了什麼事情？」

綠豆的聲音讓原本所在陰暗角落中頻頻發抖的張志明稍稍安了心，但是死都不敢把頭探出來，只敢縮在原地出聲：「地……地府發生動亂，我趁機逃了出來……」

「逃出來？」白星雲無法控制自己高漲的情緒，「看我不收了你，好讓你在枉死城關到宇宙的盡頭！」

只見白星雲從包包拿出一把紙傘，看得綠豆和依芳目瞪口呆，如果有時間的話，真想問她身上的包包是不是多啦A夢的口袋進階版？實在神奇地太超過了啦！

不過，可惜現在沒時間閒聊，綠豆和依芳一人各抓著白星雲的一隻手，拚死拚活都要阻止白星雲。

「拜託，多給點時間，讓他把話說完啦！」依芳急著壓制，就擔心等會兒出現擦槍走火的慘況。

「死阿飄，你溫吞怕死的個性能不能改一改？說話說快一點啦，知不知道說話的速度太慢是會死人的……不對不對，你已經死過一次了……應該說你知不知道說話太慢會死第二次啊？」綠豆也耐不住性子地嘶吼起來，她已經沒體力繼續和白星雲纏鬥了，再搞下去，用不著等張志明被收，她的魂魄就先和身體說掰掰了。

「我是趁著混亂跑出來沒錯，不過是鬼差大哥要我趁亂跑出來跟妳們說一下我和我哥哥生前做了哪些事，又不是我主動落跑的！」又不是他不說清楚，實在是這樣的場面讓他連氣都喘不過來了，哪來的時間說話？

他真的好倒楣，只不過出來傳話，就遇見正宗肖查某，他又不是自願的。

「是玄罡要你來的？」白星雲似乎一聽就聽出了些端倪，而且一口篤定這個鬼差就是玄罡，「他要你說這些事情做什麼？」

「妳問我，我問誰啊！」張志明的聲音聽起來快哭了，若是肯花精神再仔細聽一下，會發現他真的哭了，而且哭音越來越明顯，「周火旺也不知道怎麼煽動枉死城裡面的惡鬼，居然引發暴動，鬼差大哥忙著鎮暴，根本沒時間跟我說太多，只匆匆交代我來找依芳和綠豆，並且說這件事很重要，還說事關二十年前，叫我一定要說清楚。」

「二十年前？」白星雲的雙眼亮了起來，「你說看看，你跟你哥哥都做了什麼？」

「生前我和哥哥加入過一個組織，一開始聽說工作很輕鬆，還可以賺不少錢，後來才發現我們的工作是在半夜偷偷搬運嬰屍。」

「嬰屍？」忙著跟依芳口譯的綠豆也忍不住脫口而出，「什麼組織需要搬運這麼詭異的東西？這些屍體不是都交給院方處理嗎？」

這時張志明緩緩地飄出來，怯怯地看了白星雲一眼，確定她沒有攻擊意圖才開口道：「那個組織很神祕，一但加入就必須在身上刺上雙頭蛇的圖案，這樣才能證明是自己人。他們總是很小心翼翼，通常都是用電話聯絡，搬運嬰屍的地點都挑隱密陰暗的地方，帶著我們搬運的人是周火旺，跟我們接洽的是一個有年紀的女人，我們連她叫什麼名字都不知道，唯一的印象是脖子上掛著和我們身上刺青一模一樣的項鍊。」

項鍊？綠豆和依芳不約而同的倒吸一口氣，雖然不是很確定，不過第一時間能聯想的人就是鍾愛玉了。

「那個女人負責出錢和收貨，而我們負責收集，為了生活，雖然覺得噁心，我們還是接了這筆生意，專找為未成年少女墮胎的小醫院購買，持續了將近五年左右。」

「需要這麼多的嬰屍做什麼?」白星雲納悶地喃喃自語,「難不成是……養小鬼?但……需要收集這麼多的屍體嗎?那麼多小鬼,哪來的養分供養?」

白星雲百思不得其解,陷入一片愁雲慘霧當中,顯然她也不清楚這到底是怎麼一回事。

「師姑婆,二十年前到底發生了什麼事?能不能將所有的事情都說清楚?不然這樣沒頭沒尾,很難猜耶!」依芳率先提出心中想法。

「二十年前我也才六歲,很多事情我都是聽臭老頭跟我說的。他說過妳爺爺當時受託前來這邊收鬼,而且對方還是個鬼王,鬼王的能力一向不容小覷,不過臭老頭說妳爺爺擔心的不是鬼王,而是擔心當初請妳爺爺前去收鬼的人。」

現在是什麼情形?為什麼又牽扯出另外一個人?這下子依芳和綠豆越聽越迷茫了。

「聽說當年妳爺爺已經是名氣響亮的天師,對付鬼王是綽綽有餘,以他的能力,別說收伏鬼王,就算收伏兩個以上的鬼王都沒問題,但是當年他為什麼只鎮壓鬼王，並且把他困在原地？難道身為孫女的妳，都沒想過這問題嗎？」白星雲看著依芳的眼神中帶著不解，害依芳羞愧不已。

「當年妳爺爺發現那個地方是陰陽交界處，在某個隱密的地方有一道生死門，不過要開啟那道門需要特殊的鑰匙，到現在，我也搞不清楚那把鑰匙在哪裡。」

依芳垂首思考整件事情的嚴重性，萬一真的打開那道門，陰陽兩界就能相通，陰間的惡鬼一通過那道門，不就等於陽間的潛逃出境？此事果然非同小可。

白星雲轉頭看了依芳一眼，繼續道：「當時妳爺爺明白嚴重性，最主要的原因是因為這道門的能量太大，妳爺爺無法同時收伏鬼王和封印生死門，情急之下只能退而求其次，布下鎮煞術讓鬼王受困於此，同時封印生死門，如此一來鬼王無法逃出作怪，二來大家對此地心有畏懼，也不敢輕易靠近，這對原本已經加上封印的生死門更多了一道保障。」

「可是周火旺和阿飄不需要那道門也能逃到陽間啊，有差別嗎？」綠豆搞不清楚生死門到底有什麼特別。

「當然不一樣！」白星雲的口氣斬釘截鐵，「陰陽兩隔，進出本就不易，他們會逃出來是因為地府發生動亂意外，以陰間的戒備森嚴度而言，能逃出來的少之又少，若不是玄罡忙不過來，以這傢伙的能耐是絕不可能離開陰間一步的。」

白星雲說話就說話，眼睛像是雷射光一樣直緊盯著張志明，差點將他的靈體燒出兩個窟窿，若不是他早就死了，膀胱裡一點尿液都沒剩，他早就「閃尿」了。

他真後悔自己跑出來送死，他好想回枉死城喔！張志明在心底無聲地吶喊著。

「我聽我家臭老頭說過，當年妳爺爺總覺得這件事不對勁，而且請他出面的人應該只是受人之託，真正的幕後主使者始終沒見過，妳爺爺猜測對方真正的用意應該是請他驅離鬼王，才有機會開啟生死門。」

「為什麼老哥非要跟我提到二十年前的事，而且還要阿飄冒著危險帶話給我？這和我現在遇到的幻覺有關嗎？而且生死門這麼好用，當初鬼王怎麼不直接開門放鬼算了？」

說實在，張志明也很想知道，不然他也用不著冒著生命危險……呃……他早沒命了，應該說冒著魂飛魄散的危險跑來傳話。

「欸欸欸！我是天師，只會抓鬼！妳以為我可以探索過去、預知未來啊？這我怎會知道。」白星雲翻了翻白眼，「我只能猜測鬼王不是沒發現這道門的存在，就是它沒有鑰匙，否則只要是惡鬼都想打開這道門，好增強自己的勢力，鞏固自己的地盤。」

不知道就不知道嘛！幹嘛口氣這麼差？要不是念在她的輩分比自己高很多，而且看起來還挺有兩下子的，不然她真的超想頂嘴，依芳忍不住在心底抱怨。

所有事情仍是一團迷霧，難以釐清。

看樣子玄罡知道前因後果，只是他讓她知道阿飄和他哥哥生前的事情做什麼？為什麼會說和二十年前有關聯？真是的，要傳話也該把話說清楚呀，她最討厭動腦筋推理了啦！

「喂，看在你是受玄罡之託才離開地府，也稱不上逃犯，我暫時放你一馬，你快點回地府覆命，如果你讓我發現沒乖乖回去報到，就算追到天涯海角，我也會親自把你抓進去，讓你關到海枯石爛的那一天。」白星雲雙手交叉胸前，語氣微帶威脅地道。

「我知道啦！遇到妳之後，我覺得枉死城都比這裡安全多了！」張志明抱怨自己好心沒好報，難得當一次好人，卻差點真的和世界說再見。

白星雲已經知道玄罡傳遞的訊息了，便開口命令張志明立即離開，以她的個性，通常像他這樣低等的鬼魅，是絕對不可能在她面前安然無恙。

張志明懦弱地頻頻點頭，他也巴不得快點離開，只是在離去之前卻看了綠豆和依芳一眼，隨著身影越來越模糊，也越來越遠，卻突然傳來細微而飄忽的聲音。

「心臟……」

「什麼？」綠豆皺起眉頭，「這死阿飄，講話也不說清楚，這麼小聲誰聽得見？剛剛明明有機會說話，幹嘛不給我說清楚——」

搞不好張志明知道什麼關鍵，偏偏這傢伙太膽小，果然一點也靠不住，也難怪綠豆抓狂似地大叫著。

反觀依芳一臉納悶，不明白自家學姐在鬼吼鬼叫什麼，「他剛剛說什麼？」

「他說心臟。」白星雲飛快地接話，臉色頓時更加凝重，似乎讓她想起了什麼關鍵，嘴上卻什麼話也沒說。

「哎呀！糟了，上班時間到了！」綠豆忽地慘叫一聲，「快快快！現在來不及回宿舍了，必須直接到單位準備上班了。」

依芳這時才驚覺早就超過上班時間，開始冒起雞皮疙瘩，腦海中浮現阿長的身影，「我們從這邊穿過急診部會快一點！」

依芳和綠豆兩人簡直就像是「功夫」裡的包租婆上身，拚命了吃奶的力氣往前狂奔，還來不及反應的白星雲只能趕緊其後，想辦法把該說的話說明白。

「這件事只怕非同小可，我必須趕緊調查，何況老洪的下落不明，我也要抓緊時間把他找出來……」白星雲臉不紅氣不喘地在後方慢步，心想這兩人不是很急嗎，怎麼還有心情用慢跑的速度前進？

殊不知，這已經是她們的極限了。

「嗯，一切就拜託師姑婆了！」依芳沒時間廢話，只能邊跑邊打著官腔。

「師姑婆，妳真的什麼都不怕吼？妳要知道我們現在面對的可不是泛泛之輩，絕不能掉以輕心！」綠豆走在前面，正好聽見震耳欲聾的救護車鈴聲。

「開什麼玩笑？我是誰？我可是鼎鼎大名的天師，向來天不怕、地不怕！」白星雲拍拍自己的胸前掛保證。

此時，救護車的聲音隱隱傳來，表示他們離急診部很近了。

只見車頂閃著紅光的救護車正停在急診門口，兩人趕緊退到一邊，好讓車裡的病患先下車。

一見到這陣仗，白星雲也明白發生什麼事了，緊跟著縮在牆壁邊。

只見車上的救護人員開始大聲報出一堆數字，急診部人員匆忙地準備接手，看起來被撞得頭破血流的病患正好從她們的眼前經過。

「雖然我還搞不清楚是怎麼回事，還好我們這回有天師相助，不論發生天大的事情都不用擔心受怕了！」綠豆鬆了一口氣，心想白星雲再怎麼說也比依芳可靠多了，「師姑婆，這次就靠妳——」

咦?那個……那個白星雲怎麼……怎麼……

綠豆不敢相信自己的眼睛，轉而看向依芳求證，只見依芳也同樣錯愕地睜大眼睛，望向地面而無奈地嘆了一口長氣。

「看樣子，號稱天不怕、地不怕的偉大天師有懼血症！」依芳指著倒地昏睡中的白星雲，一臉哀怨地說。

第九章　真相完結（九）

自從白星雲破解了依芳身上的幻覺，所有事情回歸正常後，依芳也回復以往規律而乏味的生活，護身符也乖乖地掛在脖子上。

她對祈風的喜愛如舊，只是絕口不提當時自己受騙上當的蠢事。

而白星雲，自從那晚之後就不見人影，彷彿從沒出現過一樣。

另一方面，兩人自從知道老洪失蹤後，也急著請孟子軍幫忙，同時在各大論壇和網站張貼尋人啟示，只是一連幾天下來，什麼消息也沒有。

「怎麼辦？洪叔不見了這麼長一段時間，現在連師姑婆也跟著失蹤了，妳說我們要不要報警啊？」待在宿舍中的綠豆就是止不住腦海裡面亂七八糟的想法。

「妳早就叫孟組長幫妳找人，現在跟報警有什麼差別？師姑婆的身手妳也見識過，她不會有事的，何況她說過調查整件事情的來龍去脈，我想她短時間之內應該不會出現吧！」已經在宿舍床上躺得筆直依芳迅速的蓋上被子，似乎一點都不緊張最近所發生的事件。

這幾天睡得很安穩，精神也好多了，睡覺是她的精神糧食，無論如何都不能省略，不過她就是有種很強烈的直覺，感覺老洪不會有事，但是面對這樣的直覺卻也解釋不了緣由。

如果是其他人也就算了，這兩個人可說是道術的高手，遇到歹徒而遭遇不幸的機率還高一點，若是撞鬼，其本沒什麼好擔心嘛，依芳樂天地想。

綠豆略顯挫敗地看著依芳，搞不清楚依芳到底是神經大條，還是根本沒神經？打從周火旺事件之後，陸陸續續發生的事情都有著若有似無的牽連，現在擺明了針對她而來，怎麼她還是一副不要不緊的態度？

「林依芳，這件事和妳、妳阿公都有關係，搞不好還會牽連到我，人家躲在暗處算計妳，難道妳就乖乖地坐以待斃嗎？」

「不然勒？如果我不睡覺的話，不用等人家算計我，我就先暴斃了！何況有師姑婆在，她那麼神通廣大，安心啦！」

依芳理所當然地翻過身，今天一下班還要參與護理長主辦的「與新型呼吸器的親密接觸課程」，打從介紹、認識然後了解，還要建立良好的合作關係，最後還逃脫不了測試對呼吸器的熟悉度和契合度，搞得她懷疑自己準備跟呼吸器共結連理了。

綠豆能不能念在她快虛脫的分上放過她啊？

「如果妳覺得太閒，好心提醒妳再過幾天就要開病房會議，妳到現在連要上臺的個案報告都沒消沒息，阿長說妳再開天窗，就要妳在今年尾牙上扮演火雞跳鋼管！」

一提到阿長，綠豆反射性地抿緊了唇，這次阿長可不是開玩笑的，現在離病房會議還剩一點時間，卻始終還沒動鍵盤打報告，對於上班以外和醫院相關的事情，說實話還真的提不起勁，難怪阿長一天到晚都罵她是扶不起的阿斗，就連要幫她升級當組長，綠豆也是一副不冷不熱的態度，更別說像是參加升階課程或是交報告這種事情了。

不過一提到火雞跳鋼管，她就回想起去年的中秋晚會，阿長命令她扮演月亮上的月兔，而且表演月兔上樹，照理說爬樹應該是猴子啪的強項才對吧，怎會找她?!不過最淒慘的是那棵樹還是馬自達扮演的……

應該馬自達才覺得比較淒慘吧！因為要當一棵樹讓重達5X公斤的豐盈月

兔爬上爬下，簡直讓馬自達開始懷疑阿長是不是跟自己有什麼深仇大恨。

所以，阿長絕不是在開玩笑！

一想到馬自達，她猛然想起遇見遇見周火旺那晚所看見的鞋。

「不對不對！」綠豆突然一把拉起依芳，大呼小叫起來，「我的報告事小，我們的性命事大！如果我們遇到的每一件事都有關聯，那麼當初小鬼口中的叔叔，歐陽霖姍口中的殺蟲劑剋蟑、周火旺的老大和阿飄兄弟倆的幕後主使者會不會是同一人？」

「妳怎會這麼懷疑？」依芳雖然非常想和周公約會，不過綠豆的說辭確實有可能性，讓她不得不勉強振作精神，聽聽她的說法。

「妳想想看，當初小鬼的娃娃放在員工停車場，那裡是院內員工才能進出的地方耶！再來，前幾天我遇到周火旺，和他對話的人正好穿著醫院的皮鞋，證明他也是院內人；至於歐陽霖姍更不用說了，當初她說過殺蟲劑是院內的醫師，鍾愛玉也過說過她師父就是殺蟲劑，阿飄兄弟又是受鍾愛玉的指使，八成也和這個人脫不了關係。」

綠豆這樣的解釋也很有道理，種種跡象顯示，這麼始終神祕的藏鏡人就待在醫院裡，如果真的針對她們而來，也就是說，敵人離得非常近。

「可是當時我們不是有查過全院醫師的資料，沒有一個名字叫剋蟑啊！」依芳搖頭晃腦，試圖讓自己的腦袋清醒一點，「我們連院內的清潔阿姨叔叔都沒放過，就是沒這個名字，會不會是我們漏了什麼步驟，還是搞錯了什麼重點？」

「廢話，除非他家就是開殺蟲劑製造廠，不然哪個父母會把孩子的名字取成剋蟑？連相似的名字也找不到，實在太奇怪了！」

一臉苦惱的綠豆嘆了口氣，垂頭喪氣地自認遇到瓶頸，怎麼偏偏在這關鍵時刻卡住了呢？只要突破這個關卡，或許答案就呼之欲出了……

「搞不好連他自己都覺得這名字太難聽，所以早就改名字了。」依芳可說是沒啥思考就脫口而出這個荒謬的想法。

等等！綠豆猛然睜大雙眼一抬頭，腦袋中原本不怎麼牢靠的神經線竟然奇蹟似的積極運作，立即坐在書桌前，迅速地打開電腦，一開機便登入院內系統。

「妳說的也有道理，我怎麼沒想到這個關鍵？」綠豆的聲音不是普通的大聲，帶是語氣中卻帶著強烈欣喜的顫抖，「我們所有的焦點都放在名字上，卻沒想到我們大可換另外一種方式找人。我遇見周火旺那時是大夜班的時間，院內只剩下值班醫師，也就是說殺蟲劑是主治大夫的可能性非常低，這麼一來，範圍就縮小了許多。」

院內的醫師制度大致上分為兩種，一種是身穿白色長袍的主治醫師，另外一種則是身穿白色短袍的住院醫師，主治醫師通常負責正常上班時間的病患，除非發生緊急事件必須在醫院待命，否則下班過後則是由住院醫師輪流值班，負責照顧夜間患者。

醫師的階級制度嚴謹，不同職稱就有不同的工作時間和範圍，一名住院醫師負責一個單位，通常會在負責區域裡的值班室休息，不會離這個範圍太遠，以免出狀況而趕不及，這一點身為醫護人員的綠豆非常清楚。

所以，那麼晚還出現在院內的醫師，就是負責該棟大樓的值班醫師。

綠豆的發現讓依芳兩眼也跟著為之一亮，難得綠豆的腦袋這麼清醒，「院內的值班醫師也不過就那幾個，妳說會是哪一個？」

「誰都有可能，就是不可能是趙醫師和馬自達，看這兩人平時的表現，一個是聽到鬼就嚇得要死，一個是有突發狀況就像靈魂出竅一樣的盤根老樹，連動也不會動一下，他們怎麼看都不像是大魔頭。」綠豆一想到這兩人就搖頭嘆息，她甚至認為自己比他們還要帶種。

順利登入院內作業系統後，綠豆邊查邊道：「每個月的值班醫師表都會貼在院內網頁上，我記得當天我們單位值班的醫師是李醫師。

「那晚我雖然遲到，不過阿帕說過從小夜班就開始急救病患，所以說李醫師直到我出現都沒離開過單位，我們那棟內科大樓除了加護病房的值班醫師之外，只剩下內科病房的值班醫師會出現在那個地方，只要查出來那個人是誰，就可以知道……」

眼看螢幕即將出現值班表，兩顆頭顱擠在桌前，緊張的手心直冒汗，所有的謎題有可能即將在一刻解開，畫面由上至下開啟網頁，開到一半的同時，畫面卻停住了。

「搞什麼鬼？是網路太慢，還是電腦太爛？這種時候快急死人了。」綠豆氣得忍不住拍打電腦。

「喂！這臺電腦是我的耶！」依芳氣急敗壞地急忙制止，卻突然發現電腦螢幕突然出現備受干擾的畫面，原本出現一半的院長大頭照也變成扭曲而詭異的畫面。

「妳的電腦該不會中毒了吧？妳是不是趁我不注意，偷偷去逛不該逛的網站？」綠豆指著電腦，揶揄地問。

依芳翻了翻白眼，立即回敬道：「這句話應該是我問的，妳是不是趁我不注意，偷開我的電腦去逛色情網站？等等……什麼聲音？」

兩人一來一往吐槽的同時，喇叭裡卻傳出令人毛髮直豎的聲響，一時之間完全無法分辨到底是什麼聲音，唯一可以肯定的是絕不可能是電腦或喇叭故障所造成的聲音。

因為這聲音沒有規律，聽起來像是……有什麼東西在地上爬行，而且數量龐大……

綠豆和依芳兩人渾身緊繃，面面相覷卻毫無頭緒，經過一連串的事件讓兩人敏感度成直線上升的趨勢，不論什麼風吹草動，總是特別的小心。

「依芳，妳看！」綠豆又是倒抽一大口氣，指著電腦螢幕的食指抖得不像話。

原本專注聽聲響的依芳一抬頭，看見電腦螢幕開始產生變化，原本扭曲的院長大頭照已不復見，進而跳出另一個陰暗的場景，整個螢幕出現殺千刀又嚇死人不償命的青光，足以讓兩人不約而同地感受到打從腳底竄上的冷。

在有限的光線下，只看見裡面空蕩蕩，地上有個相當明顯的英文字H的巨大字型，身為醫護人員都相當熟悉的記號，因為這是有特殊狀況時，提供運輸病患直昇機的停機坪。

「這裡不是醫院的頂樓嗎?妳看地上除了H記號外，旁邊還有我們的院徽，不過……地上密密麻麻的是什麼東西?」依芳也跟著緊張起來，尤其當她看見地上黑壓壓一片漸漸拓開，看起來有點像是地上爬滿了不知名的物體。

「該、該不會是老鼠吧?」綠豆一向懼怕「數大便是美」的任何生物，她完全不想看清地上爬竄的是什麼東西，當下只有滿腹噁心感，「聽說現在有一些搞怪的駭客會強制撥放莫名其妙的影片，我們醫院網站一定是被駭客入侵，一定是啦！快點關掉網路！」

綠豆只能硬是找出合理的解釋安慰自己，巴不得眼前畫面立刻消失。

駭客？難道這真的是駭客的惡作劇？偏偏依芳和綠豆都是電腦白痴，電腦的功用除了打字聊天玩遊戲之外，就只有上網查資料，其餘的部分根本完全不懂，當下自然也不明白電腦怎會出現奇怪的畫面，不過為了避免讓電腦受害，依芳趕緊抓起滑鼠，無奈……

「連游標都看不見，怎麼關機啊？我不會啦！」依芳急得哇哇大叫，一想到自己可能又要花錢重灌電腦，根本無法壓抑心中的焦躁。

「強制關機！快點強制關機！」綠豆趕緊伸手按壓主機開關長達三秒……四秒……五秒……

怪了，照理說不是長按主機開關之後就可以強制關機？長按的時間需要二十秒以上嗎？綠豆覺得自己的力道不斷加重，手臂也開始發痠，電腦螢幕卻完好如初。

「怎麼回事？我的電腦該不會死當了吧？」依芳忍不住抱頭哀號，心想自己到底什麼時候才能存到錢啊？打從她一開始上班到現在，幾乎都有不受控制的支出出現在她的帳本裡。

咚！咚！咚！

怪異的聲音再度從喇叭中傳出，只是這回聲音更明顯，也更為響亮，要讓人不注意也難。

心中不祥的預感正一點一滴地擴大，原本盯著主機開關的兩雙眼睛，也不得不以謹慎而緩慢的速度往上抬，當視線重新回到螢幕，又是「咚」一聲，一隻奇形怪狀的物體在螢幕前留下鮮血淋漓的印子。

「哇！」綠豆忍不住乾嘔起來，心底詛咒駭客去死，放這種血腥骯髒片段試想嚇死誰？

「氣死我了，拔掉插頭算了！」依芳也同樣渾身不舒服，雖然明白硬拔插頭很傷電腦，但是現在她寧願將電腦送修，也不想看到這麼噁心的畫面。

依芳一氣之下，立刻拔掉電腦插頭，奇怪的是……電腦依舊無動於衷，還是停留在令人不適的畫面。

「不會吧？妳的電腦還有不斷電功能喔？」雖然綠豆還有力氣說話，不過卻不難聽出嗓音中帶著明顯的惶恐。

「當然沒有啊，什麼不斷電功能我根本不知道！而且就算駭客再厲害，也不可能在沒電的狀態下讓電腦繼續運作……」

「妳這麼說是什麼意思？」綠豆往後彈跳了一大步，雖然心裡已經忍不住往最壞的方面思考，不過她衷心希望一切都是駭客的傑作，千萬不要又牽扯到靈異方面。

「還能有什麼意思？」依芳嘆口氣，「我現在比較擔心那些奇怪的東西爬出螢幕。」

綠豆一聽，慌亂地又後退了兩步，心想依芳這傢伙能不能好心一點，別拿現在這種場面當成冷笑話的題材，現在光是看到畫面就快崩潰了，更何況爬出來？

不過畫面似乎又帶開了，在血印與血印之間有限的乾淨畫面中，看見鏡頭似乎以飄移的速度前進，隱約中看見一個坐在椅子上的人影。

因為光線昏暗、視線有限，再加上有段距離，根本看不清楚這黑影到底是誰。

兩雙眼睛緊盯著鏡頭，當下明白這畫面可能想要傳達訊息，就怕自己一閃神就錯過重要的關鍵。

只見鏡頭不停拉近，看得出有個人被反綁在椅子上，嘴角還淌著乾涸的血跡，臉孔有著明顯被毆打的痕跡，但是他的五官卻隱約可見，只是當看清此人的面孔時，兩人不約而同地驚呼——

「洪叔？」

螢幕裡面出現的不正是失蹤的老洪？怎會出現在畫面上？

「那個……那個……這種情況真的要報警了吧？他看起來像是被綁架耶！要不要趕緊叫孟子軍過來？」綠豆發了瘋地開始找手機，慌亂地完全沒注意到手機就放在眼前的桌上。

「找他有什麼用？光看這個背景，就算是警察也分辨不出是哪裡啊！」依芳一看就察覺不尋常，恐怕這件事情相當棘手。

啪！

接著，電腦螢幕暗了下來，所有畫面消失無蹤。

「是誰？是誰刻意讓我們知道這個訊息？」依芳處在錯愕中，久久無法回神。

這個訊息來得太突然、太詭異，根本不知道是誰刻意讓她們知道這個消息，更不清楚對方是敵是友。

依芳對於周遭詭異的事件總是保持距離，這回牽扯到老洪，她肯定無法袖手旁觀的，既然目前到底是什麼情況都還尚未釐清，當務之急還是親自查證比較妥當。

依芳背起自己的包包，開始著手準備，難得看她的態度如此積極。

「依芳，我們這樣莽撞好嗎？要不要先聯絡師姑婆？」一想到剛剛的畫面，綠豆渾身發涼，搞不好一進去又會發生什麼奇怪的場面，還是找一下白星雲比較保險，畢竟人家是正牌天師，搞不好還有執照。

依芳不耐煩地瞪了綠豆一眼，「請問一下，我們要怎麼聯絡師姑婆？」

對吼！這時綠豆才猛然想起當天白星雲暈了過去，兩人手忙腳亂地把她託付給急診室的學姐代為照顧，就急忙地趕著上班。

等她們下班後，白星雲早就跑得不見人影，到現在都沒消沒息。

這些修道之人是怎麼一回事？難不成還停留在飛鴿傳書的年代？不知道現在有相當便捷的科技產品嗎？現在情況緊急，叫她們臨時去哪裡找人啊！

綠豆根本還沒來得及發表內心滿腔的抱怨，依芳已宛若旋風般朝著門診大樓方向奔去。

醫院的結構相當複雜，雖然各棟大樓獨立作業，但是為了讓民眾方便，大樓與大樓間彼此相通，以節省奔波的時間。

然而到了晚上十點以後，門診大樓與各大樓連結的路線會全部上鎖，唯獨留下一扇連結隔壁棟一樓急診部的感應小側門，方便院內員工進出。撇除小側門，門診大樓屬於完全密閉的狀態，無法通到其他醫療大樓。

院內員工一到十點過後就不敢從此處進出，因為光是踏進無人的院區就需要很大的勇氣，更何況還要穿過陰暗莫名的長廊？偏偏就這麼不幸，停機坪正好在門診大樓的頂樓，除了進入門診大樓，沒有其他通道。

醫院這種地方是平常人絕對不想進出的地方，以急診大樓或是重症大樓而言，可說全年無休，不論什麼時間都亮著燈，看上去還不至於讓人毛骨悚然，但是深夜的門診大樓卻宛若空城，光是站在外圍就覺得陰森。

依芳和綠豆兩人站在醫院的大門前，沉重的夜幕籠罩大地，四周略帶蕭瑟的枝葉紛紛隱沒在肅殺的夜色中，迎面而來的冷風讓兩人的髮稍隨風飄揚，隨之起舞的衣角讓兩人看起來英姿颯颯，渾身充斥著正義凜然之氣的兩人，活像英雄主義電影中的主角，不論從哪一個角度都很帥，只是……

「依芳，我們在這邊站十幾分鐘了，妳到底要不要進去啊？外面很冷耶！」

綠豆轉頭看向身旁的依芳，雙手環抱在胸前，刻意打個哆嗦，晚上的冷風吹得她頻頻發顫。

「我……我只是需要一點時間做好心理準備，又沒說不進去，妳該不會是害怕了，想打退堂鼓？」依芳死不承認地回嘴，但還是沒有要跨出去的意思。

「誰、誰怕了！儘管風雪扭彎了枝條，也無法折斷我堅韌的背脊，儘管冰雪凍結了暢流的血液，也無法凝滯我熱血中的澎湃因子！啊——我青春的熱血正在沸騰——」綠豆的拿手強項就是靠嗓門壯大聲勢，外加交替擺出大螢幕上所有超人的招牌動作，看起來只差沒穿上緊身衣而已了。

「妳最近看很多小說嗎？什麼時候有這麼好的文采了？」都到了這種地方還在演？依芳也不得不服了她，不過多虧有綠豆在旁緩和情緒，依芳深吸一口氣，毅然決然地朝著門診大樓走了進去。

刷開側門，一進大樓內，映入眼簾的就是空蕩蕩的掛號櫃檯，穿過冷清無人的藥局，兩人目標一致地往電梯方向衝刺。

一見到電梯就在眼前，依芳只差沒鼓掌了，出發前曾強烈懷疑這邊有古怪，但是沒想到打從進來到現在都很順利，甚至連綠豆都沒有跌倒，一切都順利地到不行。

「咦？」綠豆忽然爆出帶有問號的語助詞，讓依芳的好情緒瞬間消失無蹤，「怪了！門診大樓一到了晚上會關閉大門沒錯，但是我沒聽過連電梯都會關閉，怎麼電梯都不動啊？」

任憑綠豆一連壓了好幾臺電梯的按鈕，上方的顯示燈卻高唱熄燈號，不論哪一臺電梯都沒有啟動的跡象。

「不會吧！這表示我們要爬樓梯嗎？」依芳一臉慘綠，她的體力一向是人生中的敗筆，一想到即將面對的酷刑，忍不住開始哀號，「千萬不要在這時候提醒我頂樓在幾樓……」

「在十二樓！」綠豆毫不留情地回答。

依芳不禁仰頭四十五度角，頗有無語問蒼天的無奈架式，既然已經沒有其他的辦法，只好將手電筒照向前方，開始拔腿就往逃生門的方向狂奔，現在她衷心期望不要出現任何不在預期內的畫面或景象。

兩人帶著絕不回頭的狠勁，一股作氣地衝向逃生門階梯，現在她們最大的考驗就是想辦法衝上十二樓。

一開始兩人憑著內心高昂的鬥志和沸騰的熱血，毫不保留地奉獻出體力，直到耗盡為止……

「學……學姐……我們是不是遇到鬼打牆啊？怎麼這麼久都還沒到頂樓？」已經跌坐在階梯上的依芳只能用狼狽來形容。

她已經快到極限了，再繼續下去，根本不需要任何人對付她，她就先虛脫而亡了。

綠豆雖然也喘得要死，但還不至於像依芳一樣，看起來真的快掛了。

「頂樓？我們現在才到五樓耶，妳會不會太誇張了？現在不是遇到鬼打牆，是我們真的想撞牆，十二樓太高了啦！要我們上去又不讓我們坐電梯，超沒人性！」綠豆最厲害的絕技就是明明喘得上氣快接不了下氣，但是情緒一來，還是阻止不了她想說的話。

聽到才五樓，依芳簡直快哭出來了，但是為了老洪，卻又不得不認命的邁腳步，一階一階地往上爬。

為了忘卻此時的痛苦，兩個人只好紛紛在嘴邊好好的關心始作俑者的全身上下，只有造口業詛咒對方斷手斷腳，才有辦法轉移注意力。

「這傢伙最好別讓我撲空，也最好不要變成鬼魂被我遇見，不然我才不甩什麼天師守則，絕對吼伊係啦！」依芳已經氣到連臺語都飆出來了，早將平日的冷靜丟到一邊，情緒和體力的指數形成強烈對比，只不過咒罵的語氣越來越微弱就是了。

到了九樓，僅剩下殘喘的呼吸聲充斥在樓梯間，兩個人完全沒有說話的力氣，兩隻腳幾乎使不上力，雙腿抖動的級數絕對不輸九二一的震度，兩人果然不負爬樓梯這三個字的真實含義，她們已經開始考慮用爬的是否會快一點。

綠豆很想說些場面話來加油打氣，不過現在她感覺肺臟裡面的空氣有限，嘴巴只能忙著吸氣，實在沒空說話。就在此時，她卻聽見樓梯間除了濃濁沉重的喘氣聲外，還有其他聲音。

碰！碰！碰！

規律而沒有起伏的聲音撞擊兩人的心臟，宛若劃破靜夜的一道雷，響亮而驚心動魄。

綠豆緊張地蹲下身子，她身後的依芳也跟著趴在扶手欄杆上，一臉警戒的神情，顯然她也聽見奇怪的聲響。

兩人勉強壓下誇張的吸氣聲，依芳伸出食指指向上方，顯然聲音是從那邊傳出來的。

「怎麼回事？」綠豆不敢出聲，只能張嘴以口型問依芳。

依芳略顯氣急敗壞的攤開手，同樣以嘴型無聲回應道：「妳現在是要我去問神嗎？」

吼！林依芳這傢伙不但靠不住，而且脾氣還很不好捏，問她一下都不行，每次只要她一緊張，就像吃了炸彈一樣暴躁。

不過依芳的脾氣壞雖壞，好歹還算是有良心兼責任感的人，她最後還是決定慢慢地往上移動，打算看看到底是什麼東西在作怪。

依芳迅速的拿起手中的硃砂筆，一手緊抓著脖子上的護身符，每踏上一個臺階，心跳的力道就越強烈，當她走至樓層與樓層之間的轉角處，她小心而謹慎的轉身向上一看，頓時驚叫起來——

「洪叔？」

一聽見依芳的叫聲，綠豆趕緊跟上腳步，一抬頭果然瞧見老洪就坐在椅子上，十樓的安全門不知什麼時候被打開，老洪就這樣大剌剌地坐在樓梯口，雙手雙腳皆被反綁，和電腦中的畫面一樣。

老洪的臉色極度蒼白，兩眼緊閉的臉上還有大小不一的傷痕，只見他動也不動地癱在位子上，連依芳的叫聲都引不起任何反應，不過他的胸口還有著些微起伏，看起來像是昏了過去。

綠豆想也不想就立即往上衝，但是依芳卻及時一把拉住綠豆，「等等，洪叔怎麼會突然出現在樓梯間？這其中一定有問題！」

問題？綠豆一聽到關鍵性字眼，嚇得立即退了兩步階梯。

「不會吧？我看他的腳下還有影子，不是幻覺也不是鬼才對啊。」綠豆壓低自己的聲音，但是卻也不得不開始提高戒備。

「話是這麼說沒錯，不過妳有沒有想到一個問題？」依芳的臉色凝重起來，指著昏睡中的老洪，「洪叔不省人事，那麼……剛剛的聲音是怎麼來的？」

依芳的問題果然一針見血，經過上次的教訓之後，警覺性果真提高不少，如果聲音不是老洪所造成的，那麼會是誰？這不就表示除了他們三人之外，可能還有第四個人……喔……不！現在還不能確定第四個到底是不是人。

「那現在怎麼辦？我們卡在這邊也上不去，轉頭落跑又感覺自己很俗辣，我看我們還……啊……那個……#@$%^&#\」

「妳到底在說哪個星球的語言啊？聽都聽不懂！」依芳皺著眉頭無奈地問，不明白綠豆到底怎麼回事，只見她一臉慌張，看起來急需復建的手正顫抖地指向老洪。

依芳順著綠豆的指向看去，只見敞開的安全門內，隱隱有個人類身形的白骨慢慢爬出，眼看就要靠近老洪的椅背。

情況緊急，兩人也顧不得到底是不是真的有鬼，只能趕緊衝上前，先搶救人質再說。

無奈她們的動作再快，也快不過那隻手和老洪的些微差距，那隻手猛然一抓，兩人根本還來不及眨眼睛，老洪已經被拖進安全門的另一邊，速度之快，令人措手不及。

「洪叔剛剛是被吸進黑洞了喔？他是瞬間被拉進去耶！除非對方具有超能力，不然光憑一隻手，哪有可能瞬間拉動一個人？那我們該追上去嗎？」綠豆急得快被自己的口水嗆傷，現在到底是什麼情形？不論怎麼看，對方絕對不可能是正常人。

這下子連依芳也亂了頭緒，她清楚地知道這一切絕對不單純，現在老洪在對方的手上，她非去救人不可，但是歷經了一連串的事件之後，她也明白這一切有可能只是引她上鉤的陰謀。

「學姐，洪叔是我阿公的弟子，人我是非救不可，只是我這一去可能凶險萬分，到底能不能活著走出門診大樓都是未知數。妳害怕的話可以先走，我不會怪妳。」雖然平時總覺得電視裡面的連續劇臺詞超蠢的，不過一旦遇到生死關頭，自己還是免不了說出老派的臺詞。

這時，綠豆卻走上前，一臉堅決地拍拍依芳的肩膀，睜大迷濛的雙眼，堅定道：「依芳，不論發生什麼事，不論妳要去哪裡，我一定要跟著妳……」

「學姐！」依芳感動地無以復加，沒想到綠豆在工作職場上對她照顧有加，連現在這種危急的時候也能有情有義的鼎力相挺，感動的淚水眼看就要滑落……

「我當然要跟著妳，這裡這麼恐怖，我怎敢一個人摸黑回去？」綠豆尷尬地乾笑兩聲，飛快的補上剛剛還來不及說出口的重點。

「……」

怪談病院
第十章　真相完結（十）

兩個人下定決心後，趕緊追了上去，只是剛剛拖延了一些時間，再追上去就不見蹤影了。

「人不見了，要怎麼追啊？」綠豆苦惱地抓抓頭，想不到好辦法。

反觀依芳卻老神在在，雖然前進的腳步緩慢，不過卻絲毫沒有影響她的計畫，「不用擔心。打從電腦畫面到剛剛的樓梯，我就發現有人刻意引導我們走到這裡，所以應該不會跟丟，我們沿著走道找找看，一定會有線索。」

依芳一旦回復冷靜，腦中思路也就清晰許多，整件事疑點重重，唯一能確定的就是有心人想把她引到門診大樓的某個地方。

引到這裡？綠豆百思不得其解，十樓是復健科的天下，不論是復健診間或是復健區都在這裡，除此之外，整棟大樓全都是朝九晚五的單位，除了一到三樓的門診之外，另外就是例行檢查單位，其它不外乎就是行政部門，了不起多了大禮堂、會議室和幾間坪數不小的教室，說穿了是構造最簡單又最單純的大樓，為什麼要引她們到這棟大樓？

沒有光線的大樓總是顯得陰森可怕，光憑兩人手上的手電筒，頂多照明眼前的路線，卻完全無法減輕黑暗所帶來的心理壓力。

「我真不明白，當初為什麼非要到這家醫院來不可，如果我不來的話，麻煩事就不會一件接著一件了。」依芳一邊注意眼前的景象，一邊無法克制的碎碎念。

「有誰逼妳來這邊上班？不是都自己寄出履歷應徵工作嗎？還是妳是靠關係進來的？」綠豆心想這時候還是多說一些話來壯聲勢也好，忍不住就想閒聊，好驅趕心中那股驚恐。

怎料依芳卻嘆了一口長氣，「不是！我哪來的關係可以靠？當初我一畢業就在家裡的附近找到一份診所的工作，其實我根本就不想走臨床，怎知道有天晚上我家除了神明桌上的香爐外，連祖先供桌上的香爐也跟著發爐。

「一個香爐發爐還可以合理懷疑是意外，但兩個香爐同時發爐的機率有多高？我阿媽一看狀況不對，就叫我爸要問清楚，擲杯之後才知道神明要我到北方找臨床工作。」

「哇！妳來上班的原由會不會太特別了一點？」相較之下，綠豆感覺自己的求職過程了無新意。

「當時不信邪的我還擠上去擲杯，反覆問同樣的問題，結果一連擲出十三個聖杯，如果當時舉辦擲杯抱大獎的話，我鐵定是頭獎得主。

「後來，我爸警告我不准再鐵齒，神明會生氣，當時我故意自暴自棄的全省醫院都投履歷，結果只有好家在醫院找上我，好死不死真的是位在北方的醫院，當初醫院太缺人，連面試都沒有就要我直接上班了。」

「這麼說起來，是神明要妳到我們這家醫院工作，這也就是冥冥中註定的囉？」綠豆越想越離奇，總覺得一定要找個時間到依芳家好好的上香拜拜，只可惜她的天師阿公不在了，不然真的好想認識一下傳奇性的人物。

「這就是我無法理解的範圍了，若不是師姑婆提到什麼欽命天師，不然我連這四個字都不會寫！」

當兩人的談話告一個段落，四周又瞬間回復森冷詭譎的氛圍，雖然這回沒有冰寒刺骨的寒風，不過絕對的安靜卻令人膽寒，加上眼前的視線範圍只能侷限在手電筒的光圈之下，更增添一抹難以預測的驚悚氣氛。

「那邊有聲音！」細微的聲響從復健區傳來，依芳一馬當先衝向聲音來源處，綠豆怕一人落單，也急忙跟上。

依芳一踏進復建區，就覺得渾身不對勁，總覺得這裡的磁場有種說不出的弔詭感，但是又不像平時所遇見的怨氣，而是一種令人鬱窒的壓迫感，而且當她拿起手電筒往前一照，在牆角邊發現了老洪的身影。

只是老洪竟當著兩人的面前，被一隻無形的手拖著走，轉眼間再度消失。

唯一不同的地方在於，剛剛的安全門的確有通道，老洪被移動還理所當然，現在……他是被困在牆角，不到一眨眼的時間，竟然消失在牆面前？

之前看過許多孤魂野鬼表演過這一招，兩人早就見怪不怪，不過老洪根本還沒死，難道現在是大衛魔術的表演時間，展現穿越長城的驚人演出嗎？

依芳趕上前，立即探索讓老洪消失的那面牆，怎知道才一伸手，自己的手也隱沒在牆面中。

「現在到底是演到哪裡了？我以為哈利波特是虛擬的故事，怎麼現在九又四分之三月臺卻活生生出現在我面前啊？」綠豆忍不住驚慌失措地慘叫起來。

依芳抽回手，當下明白另一邊絕不是個好地方，一旦穿過這面牆，恐怕就沒那麼容易脫身。但人命關天，就算裡面再古怪，為了一條人命，說什麼也該進去看看。

「依芳，妳有聽見什麼聲音嗎？」綠豆高高豎起自己的耳朵，就連呼吸都顯得小心翼翼，她發誓真的聽見奇怪的聲音，這聲音聽起來有點類似……風聲。

依芳並未聽見什麼奇怪的聲音，為了保險起見，趕緊警覺性地抬頭，緊握著手電筒向四周掃了一圈，所幸並無發現什麼超自然畫面，正偷偷吐出一口長氣，倏地……感覺到一隻手正從背後用力緊抓著她的肩膀。

依芳驟時連氣也不敢喘一下，只感受到強勁的力道使得她的肩膀隱隱生疼，而且這隻手的溫度急速下降，即使透過棉質衣料，也能感受到一陣冰冷。

依芳的腦海中浮現拔腿就跑的欲望，那種欲望比殺去百貨公司歡度週年慶還要強烈，但是雙腳卻像被釘住一樣，動都動不了，只能以極慢的速度轉頭，一轉頭竟然看見……

「吼！學姐，妳想活活把我嚇死啊？在這種隨時都有可能被嚇到挫賽時候，絕對不要隨便拍我的肩膀啦！妳知不知道我的壽命差點打上全劇終的字幕了！」

依芳一轉頭就發現搭自己肩上的手屬於綠豆，表面上佯裝很火大，私底下卻暗自鬆了一口氣，沒好氣地瞪了她一眼，立即不耐煩地撥掉肩上的手。

咦？奇怪了，綠豆的手怎麼還是死命的抓著自己的肩膀，不斷加重的力道讓她皺起眉心，不論怎麼撥都撥不掉？

依芳納悶的抬頭看了綠豆一眼，本來不看還好，這一看差點嚇退好幾步，綠豆的表情就像遭到火車的強力撞擊，臉上的五官好像正在開運動會一樣的活躍，兩道眉毛就像毛毛蟲一樣不停蠕動，鼻孔更是挑戰各種不同姿勢的方式擴大，不但嘴歪眼邪，而且還有抽搐的跡象。

哇靠！綠豆是怎麼回事？中邪了嗎？

依芳立刻發現綠豆扭動的嘴角和眼球滾動的方向一致朝下，她拿起手電筒往綠豆的下方一照，天啊——綠豆的肚子中冒出一顆黑乎乎、完全看不見長相的的腦袋。

圓形物體頂著水草般的頭髮，蓋住整顆腦袋，髮梢上流淌著暗灰色的髒污水滴，不但散發著潮濕的霉味，頭頂上還冒出兩人絕對叫不出名字的微小水生動物，渾身黏涕涕在頭上跳躍打滾，不論從哪個角度看下去，都讓人頻頻作噁。

依芳急著把綠豆甩掉，綠豆卻死抓著她不放，而且拚命了命地猛搖頭，只知道絕對不能讓依芳離開自己的視線範圍。

「喀！喀！喀！喀！」

從綠豆肚子中蹦出的腦袋在兩人拉扯之中，終於有了動靜，它正緩緩地往上抬頭，從眾多髮絲中可瞧見若隱若現的五官，兩人一見到它的動作，全身上下像是被點穴一般，只能傻站在原地看著它的腦袋越抬越高，在來不及思考的情況下瞧見充血的瞳孔、爬滿灰白色不知名小蟲的鼻梁……

喀！

一聲劇烈而響亮的關節摩擦聲刺激著兩人的耳膜，只見那顆頭的脖子猛然折成九十度角，腦袋則仰著朝兩人張大嘴，詭異地咧開黑色嘴唇，怪里怪氣地嘿嘿笑了兩聲，倏地又從綠豆的肚子中蹦出兩隻手，攀住綠豆的肢體，眼看就要爬出來。

「學姐，妳快放手啦！」依芳幾乎要尖叫出聲，頭皮發麻的程度更勝以往，這隻鬼鐵定是惡鬼，否則怎會如此靠近她還能活動自如？

依芳擔憂得滿頭大汗，眼前這隻是實體的惡鬼，看起來非常真實，通常能觸碰的鬼怪絕對不好惹，因為它和人類可以肢體上的接觸，一旦攻擊起來，絕對不輸戾氣沖天的厲鬼，搞不好更利於近攻。

「妳如果不放手，我怎麼拿出包包裡面的黃符救妳啊！」最好的方式就是速戰速決。

此話一出，原本攀爬出來的惡鬼隨即轉頭怒瞪依芳，只是它轉頭的角度完全超乎人體工學的常理，原本已經回復到面對綠豆的臉孔，瞬間轉了一百八十度，朝著依芳發出示警的吼叫，並趁她還來不及反應前，指甲猛然割斷依芳肩上的背帶，隨手胡亂一丟，包包驟時消失在黑暗中。

天啊！硃砂筆和黃符全都放在包包裡，包包不見了，她和綠豆哪還有存活的機會啊？依芳一見包包失去蹤影，淚水差點奪眶而出。

「啊———！」綠豆再也承受不了這麼刺激的畫面，花了好一番功夫才努力從喉嚨中爆出屬於自己的聲音，「為什麼我的肚子裡會有這種鬼東西？快點把它弄走！快點！」

依芳生來就怕人催促，只要催促聲一響就無法控制地開始緊張，綠豆雖然放開了她，但是她的四肢卻無法接收大腦的命令，使得摸黑把包包撿回來的任務更是難上加難。

「林依芳！快點！快點隨便拿一張符來擋一下！」綠豆哇哇大叫，靠近她的惡鬼都可以從喉嚨看見她的胃了。

「妳別再鬼吼鬼叫了行不行？給我一點時間找一下，乾脆妳自己先跳一跳，看看能不能把它抖下來啦！」依芳已經慌亂到口不擇言，能用的、不能用的招數都拿出來死馬當作活馬醫了。

「妳現在當我在生孩子啊？隨便跳一跳，小孩就會自己蹦出來嗎？」又不是芭樂劇的劇情，未婚懷孕的女人老愛用這一招流產，而且都沒用！綠豆雖然嘴裡這麼說，不過卻已經開始相當賣力的蹦蹦跳跳。

惡鬼受到不小的震盪，緊抓著綠豆的手臂，死也不肯放手……又說錯了，它早就死了……

「我抖不掉啦！妳到底有沒有認真找啊？現在它把我當成七夜怪談裡面那臺電視機嗎？萬一它等一下真的完全爬出我的身體，會不會連我的大腸、小腸一起拖出來？搞不好等一下就是用我自己的腸子把我勒死，妳知道人類的腸子有多長嗎？欸……是多長啊？」

綠豆的聲音突然變得相當微弱，這時候很想尬一下學理，讓學妹知道人體的小腸到底有多長，好顯示自己當學姐的威風，不過呈現進行式爬行的鬼影越爬越高，腦細胞瞬間暴斃的數量也越來越多，現在連手指頭有幾支都搞不清楚，哪有時間思考人類解剖學的奧祕？

「你的小腸絕對比我的身高還長，足以把妳吊起來繞兩圈，外加打死結……」

依芳的語氣一點都不像開玩笑，讓綠豆嚇得連忙閉嘴，現在她十分後悔問了依芳這種蠢問題，因為除了得不到自己想要的答案之外，還必須接受自己不見得能夠承受的衝擊，最悲慘的是——肚子裡的鬼就快爬上來了！

「天啊！它很積極地想爬出來耶，我的身體裡面早就藏著這麼恐怖的一隻鬼嗎？唉唷，我不敢用手去撥啦！」

若不是憑著一股意志力又叫又跳，綠豆早就呈現虛脫狀態，她完全不敢往下看，只能張著嘴不停歇的碎碎念，唯有說話才能讓她暫時轉移一小部分的注意力，但是隨著身體上的觸覺，讓人渾身發寒的冰冷正慢慢地往上爬……不斷地往上……

「它不可能早就藏在妳身體裡。」依芳邊安慰綠豆，邊靠著手中微弱的光線，忙著搜尋自己的包包。

摸索好一陣卻完全找不到包包的依芳已經開始顯得心浮氣躁，她感覺到真正有問題的是這棟門診大樓，就像早就準備好等著她們踏進陷阱一樣，依芳猜想一定是有人特地把她們引到這裡，惡鬼趁兩人不注意時竄入綠豆的身體，難道真被綠豆說中了？這一切果真都是針對自己而來？

電腦中的影片和老洪，恐怕只不過是釣大魚的魚餌，有可能是幻覺，當然也有可能是真人，為了這一半的機率，她還是沒辦法放棄，只是完全沒有計畫的莽撞行動，搞不好又要陷綠豆於險境之中，想想光是她一個人，不知連累了多少無辜，一思及此，依芳的心情再度沉重起來。

「欸欸欸欸——」綠豆的聲音斷斷續續，聽起來惶恐至極，「包包被丟到太平洋去了是不是？妳打算先找到船之後再出海去找是不是啊？它是來真的……快……救……命……」

依芳一抬頭，發現那隻惡鬼竟像條蛇一樣纏著綠豆的身體，綠豆看起來相當難受。

丟了硃砂筆和黃符的依芳只能用手無寸鐵來形容目前的處境，除了一條命之外，還能拿什麼和人家拚？

正當依芳毫無頭緒之時，猛然發現角落中出現的東西，看起來非常像是……賓果！是她的包包！依芳興高采烈地衝上前，正準備拉開包包上的拉鍊，忽然聽見窸窸窣窣的聲音……

「這又是什麼聲音？而且是不是越來越大聲啊啊！」正被綁著的綠豆也聽

見詭異的聲響，她的音調立即高八度，聽起來格外恐怖。

「不是越來越大聲，是越來越靠近啦！」依芳渾身也跟著緊繃，不但覺得不對勁，甚至感覺到自己的肌膚有種難以忍受的刺癢，通常有這種反應時，她就明白大事不妙了。

因為她正在過敏，而她最難以忍受的過敏原，正是——

「靠！是蜘蛛！」

只見整間復健區擠滿了密密麻麻的蜘蛛，不但有全身毛茸茸的黑蜘蛛，還有和螃蟹一樣大的八腳蜘蛛，每隻看起來都身帶劇毒，以目前的密閉空間而言，根本無處可逃。

「依芳，有、有沒有什麼好辦法？」綠豆已經急得猛跳腳，可惜礙於目前的情況惡劣，心想被惡鬼抓住就夠衰了，還必須忍受蜘蛛在身上爬竄的感覺，天底下到底還有誰比她更慘嗎！

「現在……哪還有選擇的餘地啊！」依芳總算在關鍵時刻找回平時的水準，手腳靈活地奔向綠豆，隨手抓起一張黃符，二話不說便貼在惡鬼身上，惡鬼立即爆出一聲淒厲的尖叫，卻仍抵死不退。

身後的蜘蛛已然逼近，眼前惡鬼不但不肯撤退，甚至加快動作，眼看就要掩住綠豆的口鼻。

情急之下，依芳想也不想地抓了一大把符，像是黏便利貼一樣，一張接著一張貼在惡鬼身上。

俗話說聚少成多，一張符的威力不夠，依芳在惡鬼身上貼了不下十數張的符令，符令不約而同地閃爍著淡淡的金光。

霎時，惡鬼開始劇烈顫動，周身開始有腐蝕跡象，捆住綠豆的身軀也顯得有心無力，竟在極短的時間內腐蝕殆盡而憑空消失，一點渣渣都沒留下。

「依芳，我發現妳很適合去當便利貼女孩耶！平時看妳連針筒都拿不穩，看不出妳貼符令的時候還挺有架勢嘛。」綠豆感覺身體一鬆，又開始無法控制自己的嘴了，完全沒注意到蜘蛛已經爬至她們的腳邊。

「哪來的時間說廢話？快走！」依芳來不及細說，抓著綠豆雙雙跌進方才老洪消失的牆面之中。

瞬間，兩人只感覺一股強烈的冰冷感，當他們跌坐在地而不再滾動時，才發現身上竟然覆了一層薄薄的雪。

看看周圍，眼前的空間比想像中更狹窄，眼前只有一座一人寬的樓梯，而且這樓梯看起來還是由一堆破爛木板所搭建起來，看起來搖搖欲墜，而且只能往下，整個空間泛著抑鬱的深藍色燈光。

「這通道那麼冷，蜘蛛應該過不來吧？」綠豆總算鬆了一口氣。

依芳急忙拍掉身上的雪，抓起斷成兩截的包包背帶，胡亂而迅速地打上死結，重新背起包包，看樣子她已在心中做好決定。

「既然都到這裡了，也省得我們想太多，直接進去找洪叔吧！」

一旦環境沒有太多選擇，人心自然也沒有機會三心兩意，反而更加篤定，既然沒有回頭的餘地，就只有往前走了。

兩人緊握著手電筒，小心謹慎地踏出自己的每一步，就怕腳下的木階承受不了重量而崩塌，重點是這樓梯不知通往哪裡，也不清楚底下到底有多深，只感覺到越往下走，空氣彷彿越稀薄，周遭的幽暗藍光更添弔詭氣氛，就怕腳底冒出什麼稀奇古怪的生物。

也不知道自己走了多久，憑感覺認為現在應該已經在醫院的地底才對，只是狹窄的樓梯彎曲又蜿蜒，兩人已經搞不清大致方向。

「到底了。」綠豆輕輕地說。

依芳一確定雙腳已經踏在結實的土地上，而不是搖晃的木階時，也忍不住鬆了一口氣。

站穩腳步後，兩人開始環顧四周景象。

暗藍色的光源沒變，只見兩旁是一整片的黑壓壓的竹林，最令人不舒服的是不時從裡面傳來的烏鴉聲。

兩旁竹林密密麻麻，完全沒有空隙，僅留下正前方的一座石橋，只是橋的兩頭都豎立著雙頭蛇的石雕。

兩人一看，這石像不正是周火旺等人身上的圖騰？

看來這裡和周火旺等人脫不了關係，或許只要走過這座橋，就能知道所有的答案。

「這座橋是誰建的啊？有這麼恐怖的石像在這邊，誰敢過去啊！搞不好奈何橋都沒這麼恐怖。」綠豆縮在依芳的身後，只能有一步沒一步地跟著。

依芳不得不繼續往前進，因為這座橋雖然看起來詭異萬分，卻是眼前唯一的通道，她寧願選擇這座橋，也不想在竹林中穿梭。

前方石橋以肉眼目測，距離應該不會超過十公尺，規模看起來也只算是一座小橋，兩人心想穿過這條橋應該不會太難，但是處在這樣詭異的空間內，誰知道會發生什麼事？

搞不好當兩人跑到一半時，兩側石像就會突然活過來，雙面夾攻她們之類的……

「依芳，妳覺不覺得這座橋很古怪？我強烈懷疑它們等一下會在我們面前跳蛇舞。萬一被咬到的話，醫院鐵定沒有血清……」正確的說法應該是全世界都不可能有雙頭蛇的血清吧！

「我覺得應該是會被吃吧，牠們的嘴看起來比我們的頭還大。」依芳冷不妨地推翻了綠豆的想法，只是她的說法並沒有高明到哪去。

綠豆白了依芳一眼，原本自己只是有點害怕，現在聽依芳一說，她腦中都有完整的畫面了，有沒有這麼恐怖！

一看到這雙頭蛇，兩人彼此心知肚明，她們離所有答案越來越接近，卻也同樣越來越危險，此時的狀況不可同日而語……

「依芳，趁現在還有一點時間，我想趕快把想說的話說一說。」綠豆忽然語重心長的扳過依芳的肩膀，「我們這次一去，也不知道會發生什麼事情，如果……如果我真有什麼萬一，拜託先教我怎麼托夢，因為我為了因應特殊狀況，早把遺書寫以防萬一，但是沒人知道我把遺書藏在哪……欸……妳要去哪？」

綠豆還有一堆話沒說完，結果依芳已經不見蹤影了。

再稍稍往前一看，發現依芳一馬當先地衝過石橋，顯然她打算擅自獨闖眼前的關卡，若有危險，也應當她先扛。

「林依芳！妳搞什麼鬼！」綠豆在後面扯開喉嚨大叫，心想就算急著赴死，也不能丟下自己不管啊！

猶豫了大約一秒，綠豆就決定追上去了，至少一起死還不會寂寞！

「死就死，沒在怕啦——」

這個決定雖然令人敬佩，但綠豆卻忘記一件事——依芳的體力比一般人差非常多。

她不但在極短的時間內趕上依芳，甚至在依芳還來不及反應過來前，就往瘦弱的身軀猛力一撞，一個撲倒在地，一個直接滾了出去。

「哎唷喂呀！」綠豆滿臉是灰，只覺得胸部都要被壓成平的了！

倒楣的依芳根本承受不了這樣的衝擊力，往前滾了好幾圈，甚至已經滾出石橋的範圍。

「依芳，妳躺在那邊幹嘛？」綠豆不識相地大聲問。

依芳極慢的挪動差點變成碎片的骨頭，確認自己沒有骨折才咬著牙坐起，一邊痛得哀哀叫，一邊無力低吼著：「我看起來像是躺在這邊等著看今年的流星雨嗎？妳以為我想躺在這裡啊？也不想想是誰害的！」

綠豆尷尬地搔搔頭，但至少依芳順利通過石橋，而且石像也沒有復活的跡象，也算好消息嘛。

此時，兩人決定稍稍休息一下，以減緩摔倒帶來的疼痛。

趁這段時間裡，兩人迅速地打量起石橋另一端的景象。只見依芳正前方有一棟高大的建築，前方的空地是一片相當鬆軟的泥土，看起來有點像獨棟別墅的外觀布滿了藤蔓，周遭還種了好幾顆槐樹。

「我有看過很多驚悚小說，我記得有本書說過屋子外面不可以種槐木，會招來不乾淨的東西，不是嗎？」綠豆嚥了嚥口水，往後退了一大步。

眼前景象實在過於陰森，不但屋內沒有燈光，整棟房子的外觀活像鬼屋，房子的正前方還有一個相當寬闊的廣場，除此之外，附近除了整片槐木，根本什麼也看不見。

「這邊不管種什麼東西都沒差吧？」依芳緊張兮兮地回答，她已經開始感覺四周磁場好像開始產生奇怪的變化，「這裡不屬於正常的空間，根本不可能出現正常的天氣，沒有陽光和雨水的植物也絕不可能存活。」

依芳這麼一提醒，綠豆才驚覺這些話有道理，她緩緩地爬起身，正想走過橋拉依芳一把，但是當她一站定看向依芳，發現同樣準備站起的依芳，竟然毫無預警的雙腿一軟，五官完全無法控制地扭曲起來……

「依芳，妳還真的想看流星雨啊？還不快點起來！」綠豆的嘴上雖然這樣嚷嚷，心底卻湧起一股不好的預感，尤其每次看到依芳的撲克臉起了變化，她的心跳就開始不規則地跳動。

「妳千萬別過來！」一見到綠豆略顯慌亂的身軀正急促地往她的方向奔來，仍然坐在泥土地上的依芳連動也不敢動，漲紅了臉而聲嘶力竭地大喊，「我踩不到底……」

挖哩勒！踩不到底？這是什麼意思？綠豆原本踏出石橋的左腳立刻縮了回來。

她不明白依芳到底在說什麼鬼話，依芳不是在地上坐得好好的？

「妳今天喝酒了是不是？還是太過緊張產生錯覺？妳不正坐在地上……哎唷……不會吧！」原本忙著咆哮的綠豆突然睜大雙眼，她竟然看見依芳的雙腳漸漸的隱沒在泥土之中，而依芳有慢慢下沉的趨勢。

這……看起來……怎麼這麼像流沙啊？流沙再怎麼說也不應該出現在這裡吧？不過這個問題等會兒再討論，眼下最重要的是如何救出依芳！

「不要緊張！千萬不要緊張！」雖然綠豆是對著依芳說，實際上卻是說給自己安心的，「遇到流沙絕對要冷靜，我看過一篇報導，上面寫說掉進流沙不像電影演得那麼誇張，只要平躺下來，就可以浮在沙面上！」

綠豆非常慶幸自己的腦袋在這種時刻還能想起重要的資訊，搞不好這就是救命的關鍵！

「躺妳的大頭！」依芳的腰部以下已經完全被淹沒，現在別說躺下，就算要她動一下腳指頭都有難度，「我不是說過這裡不屬於正常的空間？不能用一般情況來看待啦！」

依芳氣急敗壞的模樣簡直就快殺人了，若不是被困在流沙當中，八成早就跳起來了。每次當她出現失控的情緒時，就表示情況危險的等級已經亮起紅燈。

「妳不要叫啦！劇烈的肢體動作會陷得更快，妳還不要命地又吼又叫，妳是嫌呼吸太費力，想直接升天了啊？」話才一說出口，綠豆歪頭想了一會兒，隨即接腔，「也對，以妳目前下沉的速度來說，最好不要呼吸！」

綠豆這傢伙還有心情說風涼話！也不想想自己都快滅頂了，她還不快點想想辦法！

綠豆站在石橋上，眼看流沙就快淹到依芳的胸口了，在橋上急得團團轉，卻一籌莫展。

她的焦慮都看在依芳的眼底，依芳也明白要求綠豆空手救人實在太難為她，一旦看開了，心境倒也顯得坦然一些，如果這真的是命，也只能認了。

「學姐，如果我真的先走一步，我只能說是我對不起妳，不該把妳牽扯進來……喂！妳幹什麼？」依芳差點把自己的舌頭給咬斷，她完全無法理解綠豆到底在做什麼，「欸欸欸！現在什麼時候了，妳幹嘛脫、衣、服？就算妳真的很熱，拜託妳也先忍耐一下，假裝聽我把話說完行不行？」

依芳被綠豆誇張的動作給震懾住，這傢伙就算感覺到悶熱，也犯不著在她發表感性演講時解放得這麼灑脫吧？

「把妳的烏鴉嘴閉起來，現在不是說喪氣話的時候！什麼叫做妳先走一步，留我在這邊不是被嚇死就是餓死，不論怎麼走都是死路一條，我怎可能讓妳先走？」

依芳說出口的話讓綠豆心生恐懼，無論如何都不能讓依芳消失在自己的眼前，為了保住依芳的小命，她實在別無他法了，現在只剩最後的絕招了。

老娘拚了啦！綠豆在心中吶喊，以最快的速度開始脫下自己的衣服，再來是自己的褲子，眼看只剩內衣褲了。

她的舉動讓依芳看得目瞪口呆，完全不明白她到底在做什麼，現在到底是什麼情況啊？她真的很不希望離開這世界的最後一眼是看到綠豆的裸體……

「林依芳，我告訴妳，這次我的犧牲大了，妳要慶幸自己不是男人，不然我絕對會逼妳把我娶回家當成觀世音一樣照三餐供奉，也好險這次孟子軍沒跟來，不然我就真的虧到天涯海角去了！」

綠豆一邊碎念，一邊將上衣和褲子綁在一起，而依芳則是嘴巴以下全被泥土覆蓋，只剩下鼻子以上和高舉過頭的雙手還在綠豆的視線範圍內。

綠豆趕緊將手中衣物拋向依芳，「快點抓住褲子！」綠豆急忙叫喊，這是當下唯一能想到的辦法了，長度雖然有點吃緊，不過還好剛才她的撞擊力還不至於將依芳撞飛太遠，只要依芳伸長手，還勉強可以搆得到。

依芳慌張地揮舞著雙手，一旦抓緊了褲子，綠豆一腳抵在石像上，借力使力地往後拉，總算老天不辜負她寬衣解帶的苦心，依芳的脖子和肩膀總算「出土」了。

一見到依芳慢慢的脫離那片土地的箝制，無疑是對綠豆打了一劑強心針，綠豆明白打鐵趁熱的道理，不但用盡全力拉，嘴裡還不忘叮嚀著：「林依芳，絕對不准給我放手，妳敢給我放手的話，我就……我就……就怎樣等我以後想到再說啦！」

綠豆的語氣顯得氣急敗壞，在這種難以思考的狀況下，她的腦袋沒辦法分心，依芳則是好氣又好笑，命是她自己的，就算綠豆不用特別交代，她也絕對不會放手，只是現在這種時後還能耍嘴皮子的人，大概就只有綠豆了。

眼看依芳的腳踝也快出現了，只要再兩秒鐘，依芳就可以完全脫離險境了，只差那麼兩秒……

「啊——」綠豆沒來由的爆出響徹雲霄的尖叫就算了，竟然毫無預警地鬆手，依芳還來不及反應，轉眼間又掉入先前的位置，眼看只剩下一顆腦袋在泥土上載沉載浮，除此之外，只剩她及時高舉過頭的雙臂，看起來很像準備投降的狼狽狀。

綠豆突如其來的叫聲讓依芳心頭狠狠一震，打從內心竄起的恐懼就像沒有盡頭的深淵。

「喂！妳叫我不准放手，那妳幹嘛突然鬆開！」慌亂使得依芳的情緒不怎麼好。

綠豆面無血色地指著那片土地，激動地尖叫著：「我剛剛看見有一隻手……正抓著妳的腳踝，妳自己都沒感覺嗎？」

很好，依芳已經強烈感覺到萬頭大象在自己的心口上跳踢踏舞的感覺了。

「泥土以下的身體完全沒辦法動彈，我什麼感覺也沒有，拜託妳好心一點，假裝看錯了行不行？」

「不會錯！我以阿啪的終身幸福之名發誓，那隻手看起來超噁爛的！」

現在綠豆可以確定下沉的原因不是因為流沙，百分之九十九是因為下面有鬼東西在拉著。

她完全無法克制自己的情緒，印象中剛剛那隻手的指甲縫全是泥土，皮膚上帶了不少土，隱約看見水水爛爛，感覺像是流著膿水的表面肌膚……

夭壽喔！怎麼短短的一瞬間可以看得這麼清楚啊？現在綠豆超後悔買到度數剛剛好的隱形眼鏡。

真是感謝綠豆讓她享受到泥土SPA的當下，還能徹底感受到別家沒有的驚悚服務，不過最令依芳感到不舒服的景象是沒穿衣服的綠豆就在自己的眼前又叫又跳。

「既然這樣，還不快點拉……我……上……」依芳還沒來得及說完，嘴巴已經吃到泥土了，看樣子她仍然持續往下沉。

綠豆才猛然回過神，剛剛腦中一片空白，根本沒時間注意看起來不怎麼顯眼的依芳，現在看到依芳連鼻子都快看不見了，趕緊上前拉住依芳緊抓在手的衣服，這次綠豆在極度驚恐的加持之下，腎上腺激素發揮了最徹底的作用，這回綠豆轉身背對依芳而將手中的衣服扛在肩上，就像老牛犁田的模樣，咬牙使勁地往前拉扯，竟然一口氣就將依芳拉出。

依芳特別注意自己的腳踝，當腳踝出現在視線範圍的一瞬間，綠豆果然沒說錯，自己的腳踝果然被一隻看起來像是剛從土窯出爐的烤焦手掌給抓住，在近距離之下還能看見整隻手冒著白煙，而自己的腳踝以下則是呈現缺少血液循環的黑紫色，以這顏色下去推算，她的腳踝已經被抓了一段時間了，若是再不想辦法掙脫，她的左腳隨時都有壞死的可能。

沒想到只要一沒入泥土之中的肢體完全麻木，竟然連被抓住也毫無所覺，若不是綠豆還站在橋上，只怕自己連怎麼死的都不知道。

隨著依芳的移動，出土的手臂也就來越長，眼看手腕浮現在地面之上，隨即出現的是手肘，連肩膀也快要出場了，誰知道等一下還會出現哪個部位？

依芳的腰部以下仍然使不上力，所幸另一隻手還能自由活動，她趕緊從包包中拿出一張早已經畫好的黃符，抓緊自己確定安全無虞重回石橋的狀態下，趕緊將黃符貼在噁心的手臂上，手臂才一觸碰到黃符，就像是一條移動神速的蛇，在眨眼瞬間縮回泥土裡不見蹤影。

「呼！真的是好險！」綠豆拍著自己的胸口，一副放下心中大石的模樣。

依芳正打算充滿感激的道謝，卻被眼前的綠豆再度嚇傻一回，「妳什麼時候把衣服穿好了？妳的動作會不會太敏捷了一點？」

「我脫衣服更快！」綠豆得意地挑挑眉，難得脫離險境，正打算展現她超乎常人了間聊功夫時，偏偏……

「哇靠！不會吧！」綠豆又是一聲驚叫。

雖然她一向誇張成性，依芳也早就習慣她小題大作的模式，不過身處在令人繃緊神經的狀態下，哪怕是縫衣針落地的聲響，都讓依芳警覺不已。

綠豆趕緊指著前方的房子，依芳順著她的手勢望去，不清楚房子何時敞開大門，門內大廳是一片空蕩，看起困頓窘迫的老洪就像是在爛泥裡滾過一圈的污穢，整個人就像無聲無息的幽魂，連同方才的椅子，正坐在房子大廳的正中央，似乎依舊昏睡的狀態。

「我們現在想辦法把洪叔帶過來，洪叔的道行怎麼說也比我深，只要救得了他，或許我們有機會從原路殺出去！」這是依芳目前的計畫，畢竟她們當初的用義名為解救老洪，但是卻在半被迫的情況下進入這個空間，別說身上的配備少的可憐，就連心理上也沒做好完整的建設，更別說完全沒有脫離險境的配套措施。

老洪再怎麼說都是她阿公的弟子，很早就出師自立門戶了，只要有他在，應該就有辦法突破重圍，現在大家能不能平安離開，就看能不能救下老洪了。

這果然不失一個好辦法，一聽到出去的機率提高，綠豆的眼睛不禁為之一亮。

「洪叔，你再等等，我們馬上過去救你！」綠豆的雙手在嘴邊圍成滾筒狀，朝著房子大叫，隨即轉向依芳，一臉的疑惑，「要怎麼過去啊？眼前是暗藏玄機的流沙區域耶！」

「真高興妳還記得這個大問題，能不能請妳在放話之前先思索一下我們目前的處境？」依芳睨了她一眼，現在光是要往前踏多踏一步都有困難了，到底該怎麼過去才好？

「依芳……」綠豆的音在這瞬間大概高了好幾個音階，而且聽起來比先前更加驚慌失措，「我勸妳最好快點思索，不然洪叔最多只能等妳幾分鐘……」

依芳再次抬頭，已然發現原本坐在椅子上的老洪，竟然已經慢慢被流沙掩蓋雙腳。

任憑她們將眼睛睜大到了極限，仍然看不出到底是怎麼一回事，完全看不到任何繩索，但是老洪卻像是被綁住脖子往上吊。

怪談病院
第十一章　真相完結（十二）

原本一直昏睡的老洪終於醒了過來，顯然是脖子上的刺痛再加上難以喘息的壓迫感，逼得他不得不清醒。

只見他雙腳胡亂蹬，兩隻手頻頻想抓著脖子上看不見的繩索，舌頭不斷往外伸，雙眼也因為承受不了這樣的壓力而導致微血管爆裂，雙眼血紅而口水竄流，滿臉猙獰的淒慘模樣，讓兩人頓時完全無法思考。

「快點！要出人命了，妳想出計畫了沒？再拖下去，他就要用史上最快速的方式飛到蘇州做生意了！」綠豆的尖叫聲讓依芳更加驚慌失措，現在完全想不出任何辦法。

極大的壓力讓依芳有崩潰大叫的欲望，不過她還是忍住了，畢竟現在分秒必爭，只剩不到五分鐘，沒有多餘的時間等她，在迫於無奈之下，只能用險招了。

「沒辦法了，這是我唯一能想出的辦法，如果這招沒用，別說洪叔，恐怕連我們自己也只能等死了，我是打算豁出去了，反倒是妳……」依芳希望能是先知會綠豆一聲，因為現在只能用背水一戰來形容目前的處境了。

「現在哪管得了這麼多，我們的職業不就是為了救人嗎？哪有時間想其他？救人就對了！」綠豆根本沒辦法靜下來思考接下來的後果，反正她絕對不能見死不救就對了。

綠豆堅決的語氣無疑更加堅定依芳的決心，只見她拿出硃砂筆，看她的架式像是拿著筆瞄準老洪的位置，「這方式有點蠢，不過事出緊急，只能加減用看看了！邪物都怕硃砂，洪叔又是修道之人，只要他能接住硃砂筆，那麼他就有機會想辦法脫困！」

此時綠豆也認為依芳說得有道理，立即扯開喉嚨嘶吼著：「洪叔，只有一次機會，拜託一定要接住！」

也許是綠豆驚人的丹田發揮了絕對的功效，仍然不停掙扎的老洪勉強伸出一隻手，看樣子也準備好接筆了。

依芳一見機不可失，二話不說便以極快的速度將硃砂筆拋出，只見硃砂筆在暗藍色的天際畫下一道隱約的紅光，瞬間形成怪異的色彩線條，兩人的氣息也隨之……

「啊——」兩個人相當有默契的同時間爆出驚呼。

只見硃砂筆還沒到老洪的面前，就直接著地打滾，最後在地面上呈現靜止狀態。

「不會吧！林依芳，妳今天沒吃飯是不是？」綠豆猛跳腳，沒料到不但沒救到人，連最好用的防身工具都給丟出去，林依芳這傢伙到底能不能讓人信賴啊！

現在該怎麼辦才好？眼前的範圍過不去，老洪看起來隨時都會斷氣，兩人腦中一片空白，只能站在原地乾著急。

「A計畫沒用，只好用B計畫了！」依芳在情急之下指著對面的大廳，「就像蜻蜓點水一樣點過去。」

什麼？她們的絕境已經到了病急亂頭醫的地步了嗎？一聽就知道完全派不上用場！

「點妳的大頭啦！妳看過胖蜻蜓點過水嗎？妳想出這種爛招的時候，有沒有把妳我之間的身材差距當成參考數據啊？妳到底要我怎麼點過去？」綠豆雙手緊抓著萬分寶貝的頭髮，在依芳的耳邊扯開喉嚨嘶吼著，她的模樣看起來和精神科患者發病的時候沒有多大的差別。

「妳不是很愛看周星馳的電影，《功夫》裡面的六師弟最厲害的拿手絕活，就是水上漂？反正妳就憋氣提臀外加縮小腹，兩眼一閉牙一咬，催眠自己像隻兔子就過去了！」

看樣子依芳在綠豆身邊待久了，這種出天方夜譚或是天馬行空的謊話，竟然可以臉不紅氣不喘，哪個正常人會把她這麼誇張的一番話當真？

「林依芳！」綠豆氣急攻心，差點連話都說不出來，正想從腦袋中擠出髒話，此時早就被逼到盡頭的依芳，二話不說便轉身奔至橋中央，一見助跑的距離差不多，劈頭就往前跑，綠豆見狀，連出聲制止的機會都沒有……

只是沒想到依芳的左腳正要奔出石橋的範圍，卻毫無預警地猛然煞車，眼看就要摔個狗吃屎，還好綠豆眼明手快，上前抓了她一把。

「妳知不知道在快速道路上緊急煞車是釀成重大車禍的原因之一？拜託，妳到底是在折磨自己，還是在折磨我？妳要就一股作氣殺過去，不要中途測試我的膽量承受度，如果我年紀輕輕就開始服用心臟藥，有八成的原因是因為妳啦！」

「不是啦！是……是泥土表面有鬆動的痕跡……」依芳趕緊制止綠豆毫無意義的廢話，面有難色地指著地面。

這下可好了！綠豆心底警鈴大作，老天是嫌她生活過於安逸，所以人生的考驗比別人多嗎？

泥土表面鬆動的跡象越來越激烈，接著冒出一顆顆的腦袋，重點是每顆頭還長得不一樣，一顆頭顱露出半邊白骨，半邊閃著油光的爛肉，嘴巴還以誇張姿態一張一合，同時半隨著濃濁的黑煙。

隔壁的腦袋也毫不遜色，整張臉像是被打成蜂窩一般，完全看不清完整的五官，如果再看仔細一點，會發現臉上每個坑不是流膿就是流血，其他的也沒好看到哪裡去，每隻鬼只有胸口以上蹦出泥土表面，兩隻看起來像是泡在福馬林好幾年的死白手臂正張牙舞爪像在空氣中撲蝴蝶。

下一刻，所有的腦袋朝著兩人發出尖叫聲。

「阿娘喂！人家神鬼傳奇因為賣座才連拍三集，我們是歹戲拖棚，用不著盲目趕流行吧？現在我終於可以體會男主角老是遇到木乃伊的心情，為什麼我們老是遇到這種畫面啊？現在前面擠滿密不通風的人頭，踏上這片泥土地比踩在地雷區還要刺激，這下子除非會輕功，不然根本過不去啊！」

依芳懷疑綠豆此生最大的樂趣是不是在她的耳邊叫囂，再這樣下去，她的聽力遲早會出問題。

不過現在沒時間討論聽覺衰退的問題了，該討論的是如何解決眼前難題。

「B計劃行不通，我們再想想C計劃！」依芳已經到了山窮水盡的地步，基本上她所會的技能少之又少，也不知道是不是自己過於慌張，以前在危急時總會再腦海中浮現一招半式，這回卻什麼畫面也想不起來。

綠豆看得出依芳的嘴裡雖然嚷著C計劃，但是光看她的神情也不難看出她根本什麼計畫都擠不出來，如果情況再繼續惡化，別說救不了老洪，只怕這裡也會成為她們兩人的葬身之地。

「包包？妳的包包除了硃砂筆，還放了什麼東西？趕緊看看還有什麼東西可以派上用場。」綠豆忽然慌張地抓起依芳身上的背包，想也不想就往內亂摸一通。

「裡面只有黃符……」依芳的聲音顯得相當虛弱，此時書到用時方恨少，悔恨當初爺爺在世的時候沒有多學幾招，如今一旦遇到狀況，連自保都難。

綠豆自暴自棄地胡亂抓了一把黃符，瀕臨崩潰地尖叫著：「請神啊！就算叫來的是天兵琉璃也無所謂，快點──」

依芳沒有時間細想，趕緊隨手抓了一張黃符紙，口中念出咒語，當雙腳用力往地面一蹬，沒料到竟然一時重心不穩，整個人往後倒，狼狽的模樣就像被人當面推了一把。

瞬間傻眼的綠豆只能趕緊上前扶起她，完全不明白到底是什麼狀況。

「可惡！我竟然沒辦法請神護身?!」依芳的抗壓性顯然也不怎麼高，說話的分貝完全不亞於綠豆的尖叫。

「該、該不會又是大姨媽來找妳敘舊了吧？」綠豆慘叫連連，原本就不怎麼好看的臉正迅速鐵青，「妳的大姨媽未免太活絡了一點，三不五十就來找妳玩，能不能請妳的大姨媽好心避開火燒屁股的時刻啊？」

「去你的大姨媽啦！」壓力逼得依芳忍不住開始叫囂，「是這裡一定有鬼！」

這裡的空間非常的詭異，整個磁場完全不對勁，依芳沒辦法請神明護身，剛才連地底下的鬼東西都不怕護身符而抓住她，這地方……依芳完全無法理解！她只知道這地方絕對不簡單，卻沒料到連最基本的請神護身也辦不到，照這情形下去，她們離該這鬼地方的機率就像目前的股市趨勢，不斷下滑啊……

「有鬼還需要妳說嗎？我們眼前一整片全都是鬼耶！洪叔看起來快不行了，怎麼辦！我們還能為他做些什麼？」綠豆急忙地看了老洪一眼，只見他的掙扎越來越微弱，不過起碼看起來還活著……

「祈禱！」依芳立即雙手合十，滿臉虔誠看了綠豆一眼，一點都不像開玩笑，「我們現在只能祈禱老天賜給我們一個救星，祈禱有奇蹟發生！」

什麼爛梗嘛！眼前這傢伙真的是天師傳人嗎？連祈禱這種話都說得出口？

綠豆就像無頭蒼蠅一樣一籌莫展，眼看眼淚就要滾下來的同時，忽地聽見一聲暴喝：「妳們都讓開！」

這麼有爆發力的聲音不就是……

「師姑婆?!」綠豆和依芳不約而同地驚呼出聲。

不會吧?上天這麼快就聽見依芳的聲音了嗎?老天未免太給面子了。

兩人還來不及上前和白星雲打聲招呼，就發現站在石橋另一端的她正以前手翻的姿態，飛快地從兩人眼前掠過，轉眼間已經翻至泥土地，兩人正欲出聲制止，卻沒料到白星雲不但沒有下沉的跡象，每隻鬼只要一見到翻躍的白星雲靠近，隨即土遁至地底下，連抬頭張望都不敢，讓她不費吹灰之力地到達對面大廳。

依芳和綠豆看著眼前一幕，瞪大了眼，說不出話來，就連平時舌燦蓮花的綠豆也比平時多花了幾秒鐘的時間才找回自己的聲音。

「哇咧!原來要這樣才能通過這片流沙區域喔?但是我只會側翻耶……」綠豆張大嘴驚呼。

「妳的意思是現在想跳下去翻翻看嗎？」依芳略為不耐煩地頂嘴，現在她只期待此人能夠抓緊時間救下老洪。

白星雲的出場果然氣勢萬千，渾身散發著萬夫莫敵的霸氣，一路翻到底都沒遇到任何阻礙，原本以為她可以輕而易舉地解救老洪，沒想到一翻到了對面，竟然立定站穩自己的腳步，不但眼睜睜看著老洪在自己的面前掙扎，甚至還從自己的包包中拿出一把金錢劍，毫不留情地往老洪的心臟一刺。

「我的眼睛有沒有看錯？師姑婆殺人了？」綠豆錯愕的連大嗓門也收了不少，心底納悶白星雲是不是吃錯藥了，人家在上面被吊那麼久已經很可憐了，怎麼一來就抓老洪開刀？

依芳也嚇得面無人色，只能茫然而不知所措地搖頭。

說也奇怪，老洪一中劍，不但沒有斷氣的跡象，反而掙扎得更厲害，朝著白星雲齜牙咧嘴，面露凶惡神情。

白星雲狂傲地看了他一眼，冷笑好大一聲道：「雕蟲小技，拿來騙智障和小孩嗎？見到本天師，還敢裝神弄鬼？」

她隨即撿起平躺在地面上的硃砂筆，毫不猶豫便朝著老洪的身軀畫下一道符令，只見眼前的老洪渾身冒著白煙，痛苦的神情不可言喻，還不到一會兒的時間，老洪竟然換了一張臉，這張臉彷彿被鹽酸潑灑，不但有燒灼的痕跡，還露出半邊白骨，在慘叫連連之餘，霎時消失無蹤。

又是什麼狀況啊？依芳和綠豆這下子才是真的傻眼，那剛剛到底是為誰辛苦為誰忙阿？

綠豆回過神之際，指著自己的鼻子，轉頭急問依芳：「她剛剛的意思是指我們兩個不是智障，不然就是和三歲小孩一樣好騙嗎？」

這麼直接的問題，依芳連想否認都難以啟齒。

「妳們兩個真不知死活！」聽這聲音的語氣，不用猜也知道她的心情不大好，「什麼狀況都還沒搞清楚就闖進來也就算了，竟然又再次被幻術所騙，照妳們這種速度，老洪早就不知道死幾次了，難道妳們都沒察覺其中有異嗎？」

白星雲轉過身，朝著兩人大聲斥責。她一想到自己是天師一派當中少數極有天分的傳人，卻也必須和一般人一樣苦練多年才有今日的成果，眼前的依芳看起來根本什麼也不會，竟然是命中注定走上天師這條路。

不過既然上天選擇了依芳，她也無話可說，可是一連多次陷入險境，完全看不出對方有什麼能耐，老天到底是看上依芳哪一點啊？

對吼！方才兩個人只顧著乾著急，卻沒想到老洪掙扎的時間已經超乎常理。

依芳和綠豆這時才恍然大悟，原來這一切又是對方所設下的陷阱，目的就是為了釣上她們這兩隻大魚，只是不明白為什麼老是針對她們兩個。

「妳們快點過來，我想真正的老洪應該還在他們的手上，我們必須進到屋子裡面找。」

白星雲極有魄力的一聲令下，綠豆和依芳瞬間懷疑看到護理長的分身，現在她是脫離險境的唯一希望，說什麼也不能為抗她的命令。

情勢逼人，就算現在眼前要她們赴湯蹈火，也只能硬著頭皮踩過去，何況只是翻跟斗。

「現在只能拚命了！如果妳連側翻也不會，我想前滾翻應該也可以過得去，反正有師姑婆在，不論發生什麼狀況都不會有事啦！」綠豆顯得相當熱絡而且急迫，還不等依芳回應，就開始準備側翻。

遠在另一邊的白星雲頓時看傻了眼，只見綠豆笨拙的雙手高舉往前翻，第一次側翻失敗，狼狽地在地面上滾了兩圈也就算了，另一邊的依芳則是面有難色地把頭抵在地面上，前滾翻的動作比三歲小孩還要難看。

兩個人可說相當負責任的在地上翻滾，眼看就要滾到泥土地的正中央……

「那個……我可以請問一下嗎？妳們到底在做什麼？」白星雲一臉納悶地問，現在這兩個人是中邪了，還是被剛才的場面嚇傻了？她們到底在幹嘛？

「我們不會翻跟斗，我們這樣應該也可以過關吧？」綠豆氣喘噓噓的回答，眼看只剩下一半的距離，不禁喜上眉梢，看樣子這個方法真的很好用。

「不會吧？妳們耍寶也看一下時機，我剛剛只是在為自己的出場先熱身，誰說一定要翻跟斗才能過來？」白星雲聞言，差點暈過去，眼前這兩個天兵怎麼有本事可以存活到現在？簡直是神蹟！

兩人一聽，滿臉錯愕活像踩到狗屎，完全無力地跌坐在地。

「拜託！我是誰？我是正牌天師耶！別說我的身上帶了一大堆神器就夠嚇

人，光是我那充滿正氣的眼神就足讓所有邪物退避三舍了，妳們只要跟在我後面走就可以了啦。」

要死了，依芳的師姑婆也廢話不少，重點只有最後一句也不早點說，害她和依芳像兩隻重度殘障的猴子在地上打滾。不過礙於白星雲的輩分和氣勢，綠豆縱有一肚子怨言，也只敢在嘴裡碎念。

不過最嘔的還是依芳，她早就知道綠豆這人一樣不按牌理出牌，自己竟然還跟著瞎起鬨？她今天到底是哪跟神經搭錯線，才會相信綠豆說的話啊？

不過現在的情況沒時間思考太久，兩人趕緊爬起來跑至白星雲的身邊，只見白星雲大搖大擺地率先走進屋子裡，走路有風的模樣和依芳簡直是天壤之別，只要有她在，綠豆總算可以安心多了。

三人一踏入屋內，綠豆根據以往豐富的經驗，預計再過幾秒鐘就會響起關門聲，沒料到這次卻出乎意料之外的沒有任何聲響，不過……出口的方向卻毫無預警地消失不見，取而代之的則是一堵厚實的石牆。

「師姑婆，門……門不見了！」綠豆緊張地抓著白星雲的衣袖，張大的嘴巴都可以塞下一顆拳頭了，一旁的依芳雖然鎮定許多，臉上卻也難免流露出驚慌的神色，這麼一絲小細節，完全沒有逃過白星雲的眼睛。

「怕什麼？有我這個天師在，到哪都不用怕！」白星雲的語氣目空一切，顯然根本不把眼前所看到的景象放在眼裡，雖然她的語氣狂傲，不過卻讓綠豆足以安定心神。

此時，白星雲轉頭看向依芳，一副百思不得其解地搖搖頭道：「說也奇怪，妳明明是天師傳人，怎麼感覺妳的反應看起來和一般人沒什麼兩樣？這種場面就算只是未出師的學徒也見怪不怪，而妳不但看起來一點殺傷力都沒有，甚至連天眼都還沒開，到時怎麼調兵遣將？怎麼和上面的老大們溝通啊？」

白星雲一針見血又毫不客氣的質疑，霎時讓依芳滿臉通紅，想頂嘴又礙於輩分不敢放肆，只能在嘴裡咕噥著：「我本來就是平凡人，又不是我想當天師傳人，妳的問題應該去問神，畢竟妳跟他們比較熟……」

「師姑婆，妳別以為依芳沒有殺傷力，上回她瘋狂暴走，連天兵琉璃也抓不住，琉璃還說依芳的體內有股巨大的能量，只是不受控制。」綠豆急忙為依芳辯解，雖然依芳真的很不中用，不過也沒白星雲說得這麼差勁。

「暴走？」白星雲納悶地看了依芳一眼，才要開口說話，綠豆趕緊插嘴，「師姑婆，暴走的意思就是……」

「我知道暴走是什麼意思，妳當我是原始人，完全不懂現代用語嗎？」白星雲立即打斷綠豆，心想她還真不是普通的吵，不過依芳既然有本事暴走，也就是說她本身具有極大的能量，搞不好她的本事超乎自己想像也說不定。

如果依芳具有一般人所沒有的力量，為什麼看起來這麼沒用？難不成需要幫助才有辦法展現她的實力？

正當白星雲低頭思考的同時，依芳和綠豆一時也不敢催促她趕著救老洪，只能不安分的引領環顧四周的空間和環境。

屋內比自己所想像的還要狹小許多，之前所有的焦點全放在吊在半空中的老洪，完全沒注意到他身後大廳長什麼樣子，如今一踏入大廳裡面，才發現此處看起來一點也不像是常見的屋內擺設，四周只有簡單的白布條，屋內只有一張放置兩支白蠟燭和一座小香爐的簡陋桌子，怎麼看都覺得像是靈堂的布置。

「這裡放置靈堂真晦氣！桌子上方的牆壁正掛著兩張照片，該不會是往生者的遺照吧？」綠豆小小聲地詢問身邊的依芳，完全不敢打擾還在沉思中的白星雲。

由於屋內的光線實在過於昏暗，加上關上大門之後顯得更加陰暗，完全看不清牆面所放置的照片容貌，只能隱約瞧見相框。

「不放往生者的照片，誰想被掛在這邊啊？活人的照片掛在這邊會衰耶！」依芳沒好氣地看了綠豆一眼，要知道活人照片不論是放在靈堂上或墓碑上都是大忌，就算是拍戲也一樣，這也就是為什麼事後劇組必定要包一個大紅包給該演員，目的就是要見紅去邪，以保平安。

空間內除了白布條，只有這麼一座靈堂，綠豆看了看周圍後，竟然好奇地想上前看看到底是誰的照片。

綠豆正準備靠上前，桌上的兩根白蠟燭陡然跳耀著暗黃色的火舌，雖然亮度不高，卻也足以將牆上的照片照映得一清二楚，只是看清楚的當下，依芳和綠豆不由得倒抽一口涼氣……

「怎麼……是我們的照片？」綠豆顫抖的聲音，迴盪在死寂的屋內。

依芳不敢置信地張大雙眼，照片裡的她正站在單位裡面的會議室，一手拿著麥克風，一手拿著書面報告。

這不是上回個案報告的場景？牆上的照片連她也不曾見過，顯然是在不自覺的情況下被偷拍，既然是在單位被偷拍，只有工作人員能夠進出，該不會……她也認識這個人？

「機車耶！為什麼有那麼多上相的照片不用，偏偏用這張？」綠豆一見到自己的照片，接受度比依芳還要低上許多，不過她不能接受的理由竟然是因為……

「實在太過分了，為什麼要用我正在吃便當的照片！」綠豆指著照片，氣呼呼地質問依芳，好似這張是她拍的一樣。

照片裡的綠豆正坐在單位裡的備餐室，八成是遇到緊急狀況，所以拍到她匆忙地將所有飯菜塞在嘴裡的慌張模樣，雖然很寫實，不過不太好看就是了。

牆上黑白的照片總讓人有種不寒而慄的感覺，但是當白星雲走上前看了綠豆的照片之後，忍不住噗嗤笑了出來。

如果有人往生也放上這種照片，哭聲應該會少很多吧！

「喜歡我為妳們做的布置嗎？」突然冒出一聲疑問句，而且……是男人的聲音。

三人順著聲音的方向望去，發現角落站著一名男子，他的肩上還掛著一條雙頭蛇，就和之前所看見的圖案一模一樣。

當桌上閃爍不定的燭光照亮了男子部分的臉龐，依芳和綠豆的抽氣聲比先前更加響亮。

「怎麼會是你！」兩人異口同聲地大叫。

「馬自達?!怎可能會是你！」

綠豆差點咬斷自己的舌頭，就算世界瀕臨滅亡，她也絕對無法想像這個男人會站在這裡，「你這人膽小如鼠又外強中乾，平時怕鬼怕得要死，你到底在這裡做什麼？」

「我如果不裝一下，妳們對我一定會有戒心啊，這下總算讓我等到成果了。」馬自達完全換了一個人，眼神中充斥著盛氣凌人的氣勢，就連看著她們三人的眼神也帶著鄙夷，和平時唯唯諾諾的模樣判若兩人。

等到成果了？他這麼說是什麼意思？難不成他就是所有事件的始作俑者？難道他就是……

「你……該不會就是廖克章？」依芳一口氣差點喘不上來，怎樣也沒想過會是今天這種局面。

「馬自達只不過是我的假名，多年以來，我為了避人耳目，不斷地更換姓名，就是不想讓人有機會起疑心。」他的心思縝密，不論是性格或是名字全都可以偽裝。

「說的也是，我第一次聽到馬自達這名字時，心想有誰會取這種名字，只不過你的本名聽起來也不怎麼高明，真正高明的是你的演技，你怎麼不去參加奧斯卡啊？以你長久以來逼真的演技，絕對沒人可以和你競爭影帝的位置。」

綠豆一想到真正想加害自己的人竟然一直都在身邊，心底不住又是一陣膽寒。這世道果然已經到了敵我難辨的地步，她和依芳被他的外表和個性給完全矇騙了過去。

廖克章只是冷冷地笑著，擺明把綠豆對他的斥責當作是一種讚美，如今距離完成大業只差最後一步，不論誰說了什麼難聽的辱罵，也影響不了他的好心情。

「這麼說來，打從周火旺開始，這一連串的事情都是你的安排？正常人怎可能有辦法控制惡鬼？」依芳將所有的事件一一連接起來，每次的靈異事件的主角都和他有牽連，如果他連惡鬼都能控制，那麼……他到底是人是鬼？

「他是人！」白星雲信心十足地回答，並將綠豆和依芳擋在自己身後，就怕人心難測，不知他又會使出什麼手段，「他絕對是人，只不過他是個鑽研邪術的高人，否則身上的邪氣不會隱藏得這麼徹底。」

白星雲的語氣雖然四平八穩，不過內心卻湧起一股恐懼，此人能將自身的邪氣收放自如，完全不露破綻，連自己也沒察覺此人的靠近，恐怕……他的功力在自己之上。

「我是不是人不重要，重要的是我可以支配群鬼完成大業。我已經做好準備，唯獨剩一件事尚未完成，那就是——殺了妳們兩個！

「我知道妳們不好對付，為了增加他們的實力，變成惡鬼是最好的方法，所以我才會暗中將周火旺的酒換成假的；欺騙歐陽霂姍那個笨女人以為我為了綠豆而移情別戀；鍾愛玉會自殺、周火旺的女兒會找你們報仇，當然也全都是我慫恿的，除了那兩個呆頭兄弟在我出手之前就出事外，其他全都由我一手主導，目的就是對付妳們！」

廖克章對於張志明兩兄弟一向沒什麼交集，自然不會把這樣的小角色放在眼裡，所以當初明明看得見兄弟倆在院內飄蕩，自然也當作若無其事，不過內心卻暗自得意連老天都幫他，不用出手就有人主動找綠豆和依芳麻煩。

群鬼之中，就屬惡鬼和厲鬼最凶狠，為了讓其他人身懷怨氣而死去也費了他一番的心思，可惜他的手下全是廢物，多次讓依芳和綠豆死裡逃生。

「周火旺是你殺的？他不是為你做事的手下嗎？他連變成惡鬼都還叫你一聲老大，結果殺他的凶手竟然是你？」依芳忿忿不平地大聲質問，他竟然可以泯滅人性到這種地步，就算是黑社會上打滾的兄弟也懂江湖道義，他竟然為了目的，不惜設下陷阱犧牲身邊所有人？

「這有什麼好奇怪？既然為我做事，是生是死都由我決定，就算他變成鬼，還是我的鬼。」廖克章狂妄地仰頭大笑，一想到這群人為了他，連當了鬼還是任憑使喚，心中好不得意。

「這麼多人為了你而魂飛魄散，難道你一點都不覺得愧疚嗎？」綠豆因為過於氣憤而導致渾身不停地顫抖，原來他先前刻意製造對她有好感的假象，也只是為了讓歐陽霖姍上當而已。

都怪自己當初自己怎樣也沒想過將他納入緋聞對象的名單中，導致沒機會跟歐陽霖姍解釋清楚。

「這有什麼好值得我愧疚？他們有這樣的下場是因為辦事不力，根本用不著浪費我的同情。」他憤恨地握緊拳頭，使得關節喀喀作響，一想到那群廢物就一肚子氣，若不是他們接二連三地失敗，還需要他親自出馬嗎？

「老洪一定是你抓走的！他跟這件事情毫無關係，你抓他做什麼？他人呢？」縱使情況不利，依芳仍然沒忘記這次近來這裡的目的，相當在意老洪是否安全。

「我不抓他，怎麼引妳們過來？妳們自身都難保了，還有心情管他的死活？」

「她們到底和你有什麼深仇大恨？」白星雲渾身戒備，整件事情實在過於離奇，隨時有有準備開戰的可能。

「妳們都和我無怨無仇！」廖克章定定地看了白星雲一眼，眼神中流露出憐憫與惋惜，彷彿無聲地告訴她不該介入這件事而犧牲自己。

「這一切都怪林依芳和妳太多事，不然也不會將妳們牽扯進來，害得我損兵折將、損失慘重！」他故作優雅的伸出自己的食指，「因為我要的人，只有綠豆！」

也就是說，從之前到現在發生的每件事都是因綠豆而起，根本不是針對依芳。

哇！好露骨的臺詞，若是平時聽到一個男人對自己說出這麼大膽的表白，綠豆鐵定臉紅心跳，外加腦袋罷工兼四肢不聽使喚。

現在的天時地利完全不對，人和簡直是天大的錯誤，此時綠豆心跳加速沒錯，不過絕對不是因為害臊，而是為什麼是她，而不是依芳啊！

依芳心想，那她之前自責是自責心酸的嗎？一想到自己在不知不覺中淌了一大灘渾水，莫名地感覺到一把無名火在肚子裡燒。

「那麼，也是你讓我中了幻術？」依芳顯得氣憤難平，既然不是針對她，何必讓她身陷其中？

「全都是因為妳太難搞！」顯然廖克章的火氣比她還要大，「妳老是和綠豆同進同出，我根本找不到適當時機對她下手。既然一時無法除掉妳，只能把妳支開，最好把妳騙得團團轉，這樣妳就沒有多餘的心思放在綠豆身上，眼看我的計畫就要成功，卻被十方化魂咒給壞了好事！就連今天想盡辦法要將妳們擺平，沒想到那群廢物完全派不上用場！啊——我真的快要搞瘋了！妳們怎麼和蟑螂一樣打不死啊？」他的模樣看起來比倒楣的依芳還抓狂，精神狀況看起來隨時都會動手殺人。

他是人不是鬼，他頂多只能控制惡鬼或是要些邪術的手段來達成目的，失敗這麼多次，他的耐心已到極限，既然所有的計畫全都宣告失敗，那麼他只好引她們來到自己的祕密基地，只要在自己的地盤上，絕對穩操勝券。

只是他萬萬沒想到這幾個人還可以完好如初地站在自己面前，她們到底是不是正常人啊！

「怎可能是我？你是不是找錯人了？依芳才是天師傳人耶！你又不是第一天才認識我，我是個平凡……」

「我很想和妳們繼續聊下去，不過我的孩子們已經餓了，該是他們吃飯的時間了。」廖克章毫不客氣地打斷綠豆，嘴邊笑容正不斷地擴大，他沒時間和她們廢話，只想速戰速決。

第十二章　真相完結（十二）

孩子？什麼孩子？他不是還單身？已經有孩子了？依芳跟他當了好一陣子的同事，此時才發現他根本是個陌生人，她完全不知道這個人是誰。

「喂！你好歹先把話說清楚再放飯可以嗎？為什麼是我？你還沒回答我耶！」

任憑綠豆氣凝丹田地大呼小叫，廖克章卻只是帶著從容的微笑，穿牆而去。

綠豆自震驚之餘追上去，本以為和他一樣可以穿牆，怎麼知道才一靠上前去，發現是實心的牆面。

「他是想把我們困在這裡面，以他的能耐，明明有機會可以親手殺了我們，為什麼不自己動手？」白星雲無法參透其中的道理，只覺得廖克章這人行事作風詭異，完全不明白他的用意。

「師……師姑婆，我們可以晚點再思考這個問題嗎？我、我好像聽到許多爬蟲類在地上爬的聲音！」綠豆覺得這聲音相當熟悉，就和當初在電腦裡面發出的聲音非常類似，雖然眼前什麼都看不到，但是隨著聲音越來越靠近，全身上下的神經宛若拉至極限的弓弦，隨時都有斷掉的可能。

老說天不怕、地不怕的白星雲，這時也感受到強大的邪氣逼近，數量絕對不容小覷，雖然以她的能力無法預知未來，但是如太鼓般重擊胸壁的不祥預感越來越鮮明，她必須在對方展開攻勢前做好萬全準備。

「這次的環境凶險，為了保險起見，我先幫妳們開天眼。萬一我逼不得已恭請天兵神將，記得看到他們就閃遠一點。」

白星雲一把抓起硃砂筆，不等兩人回應，飛快地在兩人雙眼及印堂點上硃砂，口中念念有詞。

「師姑婆，妳那麼厲害，還需要多此一舉嗎？搞不好妳三兩下就把他們全都解決了，根本用不著請天上的阿兵哥下來。」綠豆不知死活地拍拍白星雲的肩膀，看她的神情，已經將自己徹底完全託付給白星雲了。

「那還用說！有我白星雲在，什麼妖魔鬼怪都不用怕，不過我這人喜歡防患未然。」白星雲誇張地拍了拍自己的胸口兩下，自信的風采依舊不減，顯然綠豆的稱讚對她非常受用。

不過開心歸開心，白星雲立刻從包包中拿出一個個的小圓杯，圓杯中各放置著短小的白蠟燭，她迅速拿起硃砂筆，一揮手便在依芳和綠豆的外圍畫起八道巨大符令，進而將這八道符令圍成八卦的形狀，立即將八個圓杯放置在符令內圍成一個圓。

白星雲飛快伸出劍指，抵在自己的印堂之上後，猛然朝著圓杯一指，圓杯驟時燃起燭光，接連剩下的七支蠟燭隨著她的動作而一一燃起火焰。

「哇靠！這招真的太帥了……」綠豆完全沉醉在白星雲出神入化又帥氣俐落的動作，原先以為依芳憑空在手指上竄出火苗已經夠了不起，現在和正牌天師一比較起來，根本是小巫見大巫。

「妳還有時間著迷？看一下四周，我擔心以後別人要捧著菊花懷念妳了！」依芳殘酷地將綠豆拉回現實層面，慌張地指向四周，四面牆已經爬滿密密麻麻的暗紅色奇怪物體，眼看朝著她們的方向包圍、前進。

「這……這是什麼東西？」看起來黑乎乎的成群湧進，這該不會是蟑螂吧？不過體積看起來是蟑螂好幾倍。

綠豆差點站不住腳，因為奇怪的物體離她們還有一小段距離，加上屋內的燭光不比日光燈，沒辦法看得太仔細，唯一可以確定的是那些東西絕對不懷好意。

「師姑婆，妳動作快一點，他們要爬過來了啦！」綠豆在原地急得跳腳，想必剛才的窸窣聲就是它們所造成，只是它們比爬蟲類還大上許多，觀看它們的外型，幾乎是嬰兒的大小了。

白星雲頭也不抬地繼續忙著手邊工作，專注的神情好似天塌下來也有她頂著的悍然，當地面上的工作準備完成，立即站起挺直腰桿，一手劍指朝天，一手則是成手刀狀放置在胸前，嘴裡喃念著一長串咒語，當右腳奮力往地面一蹬，登時塵土紛飛，畫在地面上的符令立即散發出閃閃金光。

「這是蓮心八卦陣，只要待在這個陣法之內，任何妖魔鬼怪再厲害，一時之間也無法靠近。千萬別踏出這陣法之外，也別讓任何一根蠟燭熄火，否則我怕自己沒辦法分身照顧妳們。」

白星雲拿起桃木劍，眼中凜冽的銳氣劇增，全身散發凌人的氣勢。

「怎麼沒人找師姑婆去拍電影啊？她完全不需要特效就很有震撼效果耶，

她收不收徒弟？我可不可以拜師啊？」綠豆將滿腔的崇拜寫在臉上，雖然目前危機重重，不過只要有白星雲擋在身前，根本就是天下無敵，不需要浪費自己的精神擔心受怕。

殊不知白星雲屬於修道之人，從小接受世家環境薰陶，對於除了鑽研玄學之外，也必須學習氣功，內外雙修才能達到天師的境界，這是和欽命天師大不同之處。

依芳不禁佩服綠豆在這種環境當下還能神色自若地說廢話，綠豆媽媽當初懷孕的時候到底做了什麼胎教？為什麼她的反應和正常人不一樣？

「學姐，妳能不能正經一點？我們現在離地獄已經很接近了，妳還笑得出來？」依芳的嗓音呈現完全無法控制的顫動，眼前場景就是無法讓她的情緒平靜下來。

「妳到底怕什麼啊？明明都是天師，怎麼等級差這麼多？妳看人家師姑婆的臺風多麼穩健，整個人氣勢就是不一樣，只要有她在，安啦安啦！」綠豆興高采烈地猛拍胸脯，現在只要乖乖待在蓮心八卦陣內等著看戲就好，從來沒有一次遇鬼的經驗可以這麼輕鬆，等於是買了一張VIP座位，近距離觀賞她最愛的驚悚鬼片，如果現在能多出一包爆米花和沙發，就十全十美了。

依芳完全沒辦法像綠豆這樣放鬆，眼看奇怪的物體漸漸逼近，它們的完整面貌也隨著靠近燭光而越來越明顯，這時她們才發現，它們的確是嬰兒……

它們有著小嬰兒的身軀和五官，但不是手腳被攪爛，就是畸形的怪胎，綠豆甚至看見兩顆頭黏在一起的連體嬰。

各種奇形怪狀的嬰兒都有，剩下面容還算正常的嬰兒卻也張嘴露出灰白色的尖牙，全身肌膚不是布滿屍斑，就是呈現紫黑色。

唯一相同的特徵，就是胸口都有被剖開的痕跡，胸前窟窿正冒著血，敞開的胸腔裡，完全看不到心臟。

「嬰屍?!這該不會就是阿飄收集的小孩吧?聽說還未出世或是一脫離母體就夭折的嬰靈可凶狠了，心中怨氣不輸厲鬼，它們簡直就像血蛭一樣，一旦被纏上，就很難脫身了。」依芳忍不住打起哆嗦，察覺屋內空氣越來越渾濁，非常刺鼻，腦袋缺氧的狀態下，讓她連思考都顯得費力。

「不……不怕，有師姑婆坐鎮，這只是小意思……」綠豆的嘴角完全脫離大腦控制，呈現脫韁野馬似的抽搐狀態，她趕緊用求救的眼神看向白星雲。

「那是當然，就算是再凶狠的厲鬼，也躲不過我的……」白星雲終於仔細瞧了眼前成群的嬰屍一眼，竟出乎意料地……

當著綠豆和依芳的面前倒了下去。

「救郎喔！現在不是開玩笑的時候啊！」綠豆一見到白星雲倒在蓮心八卦陣正中央，趕緊衝上前扶她，發現白星雲雙眼緊閉，面容安祥地像睡著一樣。

「師姑婆，現在不是睡覺的時間耶！妳也幫幫忙，這場戲妳是主秀，妳倒下了，我們這些跑龍套的要怎麼生存啊？不要裝死啦！」綠豆抓起白星雲不停的哀號，可惜口水噴了她滿臉，白星雲還是無動於衷。

「師姑婆！妳快醒醒！」依芳沒有閒情逸致想些搞笑臺詞，當務之急是趕緊把白星雲挖起來，當下完全沒經過大腦思考，狠狠地在白星雲的臉上甩了一巴掌。

「啪！」一聲響起，白星雲吃痛而醒了過來，一看見依芳隨即捂著自己的臉頰，誇張地大吼，「好大的膽子，我好歹是名震三界的正牌天師，妳論輩分只是徒孫，妳竟敢打我？妳知道這是欺師滅組的大罪……」

「師姑婆，現在不是讓妳發表演說的時間，拜託妳快看看四周！」依芳趕緊將白星雲的腦袋轉向嬰屍。

現在整間屋子除了一大堆嬰屍，根本連牆壁也看不見了，眼看已經在蓮心八卦陣外圍虎視眈眈，只是礙於白星雲的陣法過於凌厲，一時之間完全不敢靠近。

白星雲毫無心理準備地被迫觀賞恐怖嬰兒秀，瞬間睜大雙眼，下一秒又毫無預警地閉上眼，隨即一副軟趴趴的模樣。

「糟糕！我忘記師姑婆有懼血症！」依芳猛然想起上回白星雲在急診室暈倒的情景，通常這種人一見到大量血液就會開始暈眩，嚴重時還會暈倒，就像現在。

原本在黑暗中好不容易發現一絲光芒的綠豆只能傻眼看著眼前這一幕，如果此刻手中有任何東西，鐵定立刻拿來摔，現在既然什麼都沒有，只能把自己摔在地面上，幾近歇斯底里地抱頭慘叫。

「我的媽啊！不會吧？老天不會對我這麼殘忍吧？她不是很厲害？只不過是一點血而已，有什麼好怕啊？誰說……」綠豆還沒抱怨過癮，發現前方的燭光正不穩定地跳動著，看起來就像是受到氣流干擾，隨時都有熄滅的可能。

「欸欸欸！你幹什麼你？」綠豆暴跳如雷地指著前方一隻爛了半邊臉的嬰屍，發現它竟然嘟起嘴巴，打算把蠟燭吹滅，

開什麼玩笑？現在已經少了白星雲這個強而有力的支柱，如今只剩下這個陣法自保，萬一連此陣都被破解，那她青春的肉體和剛買的全套名牌保養品不就全浪費了？她都還沒拆封耶！

綠豆急得直跳腳，再繼續下去，她們遲早會被眼前這些小怪物給五馬分屍！還好蠟燭擺放在符令之內，小鬼礙於不敢過於靠近，導致吹息蠟燭還是有點難度，只是看著搖擺不定的燭光，她的心臟也跟著晃動不安。

一旁的依芳想也沒想，眼明手快地一腳將眼前的小鬼踢飛，只見小鬼的腦袋瞬間和身體分了家，腦袋還裂成兩半，暗紅色的腦漿和血液當場灑向四方。

綠豆震驚地看著眼前一幕，雖說女人的韌性堅強，潛力無窮，不過平時看依芳總是弱不禁風，今天是哪來的力氣，竟然一腳就把小鬼踢爆了？

「到底是誰說孩子天真無邪？它們看起來就像《魔戒》裡面的魔獸大軍，以後我哪敢生孩子啊！」

綠豆勉強壓下嘔吐的欲望，見依芳解決一個惱人的小鬼，才好不容易鬆了一口氣，卻發現依芳的舉動似乎激怒了其餘小鬼們，它們的情緒更顯激昂，而且有樣學樣，只要是靠近陣法的小鬼，全都朝著蠟燭猛吹。

情勢的惡劣已經讓依芳的精神狀況瀕臨崩潰邊緣，情緒自然好不到哪裡去，隨即大聲叫道：「可惡，再這樣下去，過不了多久就會被破陣了！」

「趕快翻翻師姑婆的包包，看看裡面有沒有什麼好東西可以擋擋！」綠豆總算提出一個好建議。

依芳此時也顧不得禮貌了，就算白星雲醒過來要她從高雄三跪九叩到臺北也無所謂，現在只希望她的包包裡能有救命的法寶。

她一把抓起白星雲的包包，咦……奇怪，這個包包怎麼這麼輕？甚至比她裝滿黃符紙的包包更輕？

「林依芳，妳動作快一點！這些小鬼頭已經快把蠟燭吹滅了啦！」綠豆在不得已的情況下，也跟著抬腳，打算學依芳將小鬼一腳踢飛。

只見依芳慌亂而挫敗地拉扯著包包上的鎖釦，臉色更是出奇鐵青，嘴裡爆出一聲怒吼：「我打不開啦！」

「依芳！依芳！林依芳——」綠豆不顧現在是什麼情形，完全不在乎依芳忙著低頭找生存的出路，現在只顧著一味地扯開喉嚨大叫。

「算是請妳幫我一個忙，安靜一點行不行？沒看見我正在忙嗎？」依芳依舊埋頭苦幹，生平最討厭有人在自己的背後催促，尤其是她的情緒已經沸騰至一定的「坎站」，難道綠豆就不能好心一點，給她多一點空間，靜下心思考一下有關於逃生技能之應用暨未來之展望？

「林依芳——」綠豆依舊慘叫個不停，不難聽出她的聲音已經出現分岔了。

「叫魂啊妳！」依芳氣憤地抬頭，正準備破口大罵，卻發現綠豆根本就不在陣法之內……

那阿捏？郎勒？

「學姐！妳在搞什麼鬼？妳要去哪裡啊？」依芳發現八盞燭光未滅，但是綠豆人已經在陣法之外，看來應該是被那些小鬼傳出去的？

綠豆就像汪洋中的一條船，整個人橫倒在小鬼群中，在小鬼的傳送下載浮載沉，看起來就像螞蟻合力將食物搬回蟻穴的情景。

「我看起來像是準備去度假嗎？我怎會知道自己要去哪裡？我還想拜託妳幫我擲杯問一下勒！」綠豆用盡全身力氣，瘋狂叫囂，「在妳擲杯之前，最好快點想辦法救我啦！」

綠豆的表情看起來像是被棒球K到的痛苦表情，早知道就不要逞能，沒事學依芳踢足球做什麼？現在可好了，小鬼沒踢到，反倒被拉了一把，根本還來不及反應過來，人已經脫離陣外，現在她渾身發麻，連動也沒辦法動，唯一能動的只剩嘴巴。

依芳感到一股直竄骨血的寒意，恐懼如狂風暴雨般襲擊她僅剩了理智，一直以來她和綠豆一向是並肩作戰，現在綠豆徹底脫離安全範圍，那不就表示她隨時都有生命危險？

不對！依芳忽然疑惑地看著眼前的畫面，雖然自己的腦袋已經死了上億的細胞，不過基本的運轉功能還是沒有問題，她記得廖克章說過他的孩子們餓了，照理說……綠豆現在不是應該被大卸八塊了嗎？為什麼它們卻賣力地運送綠豆？它們要把她送到哪裡去？

「依芳！依芳，快想辦——」綠豆來不及說完，整個人已經穿過方才廖克章消失的那面牆，聲音也隨即消失不見。

「學姐！」依芳腦中一片空白，近乎喪失理智地叫喊，只可惜綠豆消失了，但是眼前的小鬼們卻個個蓄勢待發，並未因為綠豆的離去而打消進食的欲望。

依芳一見到綠豆已然消失在自己的視線範圍，急怒攻心下，根本完全沒想到後果，難以壓抑心中焦躁的情況下，猛然一把抓起地上的白星雲，她知道白星雲有懼血症，當下隨手抓起兩道黃符，迅速地貼在白星雲的眼上。

「師姑婆，就當我對不起妳了！」依芳朝著白星雲喃喃懺悔著，隨即又是「啪」一聲，響亮的巴掌聲迴盪在四周。

白星雲再次捂著臉頰，正準備破口大罵，依芳趕緊急道：「師姑婆，外圍爬滿了滿身是血的嬰屍，妳千萬不要一時衝動把黃符紙撕下來，到時妳又暈過去，我就真的求救無門了。」

滿身是血的嬰屍？白星雲忍不住回想剛才的畫面，霎時又是一陣暈，不過好險依芳先遮住她的雙眼，否則她不知道要反覆暈幾次。

「現在學姐被抓了，外面的嬰屍幾乎塞爆這個地方，我們根本出不去，妳趕快想辦法救學姐。」依芳的語氣又急又快，白星雲差點沒有辦法消化從她口中蹦出來的每一個字。

「現在的我如同瞎子，加上剛才我布下陣法之後暈了兩次，精氣神已經大不如前，就算我勉強出手，恐怕也效果不彰。」

白星雲的傲氣瞬間消失無蹤，現在她的眼睛都被蓋住了，還能玩什麼花樣？以往她遇過不少大場面，不論是抓鬼或是鎮宅都沒問題，即使遇到凶惡的鬼怪也沒在怕，看到血也頂多頭暈，今天所遇到的陣仗卻是滿屋子的全身是血的嬰屍，沒想到出師未捷身先死，她的一世英名就這樣毀於一旦，這件事情若是傳了出去，她怎麼在江湖上立足啊？

白星雲的回答對依芳來說，無疑是火上加油，現在她的腦海中已經浮現綠豆被撕爛、或是五臟六腑全被挖空的畫面，這些亂七八糟又帶著血腥噁爛的幻想就足以讓依芳腿軟了。

依芳自己也明白，要白星雲隔空畫下符令絕對沒問題，問題在於現在就算畫上成堆的符令也解決不了眼前問題，數量眾多而凶狠暴戾的嬰屍怎可能這麼好解決？

兩人正在交談的同時，週遭的亮度減弱了許多，依芳警覺地轉頭一看，發現其中幾個小鬼竟然接二連三吹滅了五根蠟燭。

依芳一看，這還得了！

「師姑婆，滅了滅了！蠟燭滅了！」

依芳發抖著指著熄滅的蠟燭，眼看小鬼們爭先恐後地搶著闖進陣法內，只是……奇怪了，啪一聲，蠟燭竟然又點燃了？

不可思議的是所有被吹熄的蠟燭全數重新燃起燭光，踏進陣法內的小鬼們頓時哀號四起，好不淒厲，只不過一眨眼的時間，化成煙灰而消失無蹤。

這是怎麼回事？師姑婆已經厲害到憑著念力也可以讓燭火重新點燃？依芳崇敬之情言溢於表，差點跪地膜拜，不得不承認白星雲不只有兩把刷子，而是好多把刷子。

「我知道妳現在一定用很崇拜的眼神看著我，而我也的確有本錢受人敬重，不過我必須跟妳承認，我用的是吹不滅蠟燭，因為蠟燭燃燒時燭芯溫度約 1100 多度，而鎂的燃點只有 600 多度，因此當蠟燭被吹熄時，燭芯餘溫高於鎂的燃點，鎂就會重新燃燒。」

白星雲一派輕鬆地聳著肩，她對自己的陣法有著絕對的信心，早說過她未雨綢繆的個性走到哪都不會變，想隨便就破陣？門都沒有！

依芳不知道現在的惡作劇玩具也可以拿來布陣，早知道剛才就不用冒險伸腳了，可惜天底下沒有所謂的早知道，後悔也來不及了，現在依芳只能想辦法挽救。

「我現在哪有時間崇拜妳？」依芳嘴硬地否認，她已經快被眼前的壓力給擊潰了，現在滿腦子都是綠豆媽的幻影，到時候她要怎麼跟人家的媽媽交代啊？滿腔愧疚已經快把她淹沒而不能呼吸，對方擺明針對綠豆，綠豆隨時都有生命的危險，她現在連一分鐘都待不住。

一向以冷靜著稱的依芳，這回完全沒辦法用大腦思考，現下也顧不得倫理輩分，抓起白星雲不停地劇烈搖晃，「妳快點想辦法，不然我現在立刻撕掉妳眼皮上的符咒，到時妳暈過去被怎麼樣了就別怪我！」

好樣的！這個還沒出師的「半桶師」是在恐嚇她嗎？白星雲氣得吹黃符瞪眼睛。

「喂！妳請別人幫忙的態度能不能好一點，好歹我是正牌……」

「快點！」依芳在她的耳邊大聲咆哮，白星雲剎時覺得自己快耳聾了，這林依芳到底是怎麼回事？看起來毫無理智可言。

「就算我跟妳講也沒用！就算妳可以憑著層層的考驗而成為天師，但是以妳目前的程度，就算我把身上所有的法器、咒語和罡步都交給妳，也起不了作用……」她的話才說到一半就住嘴，因為她已經強烈感受到周圍的氣場似乎起了變化，而她懷疑這和依芳脫不了關係。

白星雲嘆了一口氣，明知道依芳怒火中燒，該表達的立場還是要說清楚，「若是一知半解就作法，不但有可能損傷自己的精氣神，甚至連折壽都有可能。」

「既然是要救人，哪管得了這麼多？」依芳今晚也不知道哪來的力量，又抓起白星雲，沒頭沒腦地猛搖晃，白星雲這下子不用見血就感到頭暈。

啪啪啪！

忽然傳來一陣鼓掌聲，還夾雜著邪氣的笑聲：「真的好感人啊！」

這是廖克章的聲音，依芳和他工作好說也有一段時間，絕不會認錯。

「只可惜不論妳做了什麼努力，這一切全都徒勞無功。」廖克章訕笑的聲音對依芳來說，顯得異常刺耳。

依芳正要抬頭叫囂時，這才發覺原本狹小的屋子怎麼不見了？現在她們的確還站在原本的位置上，只是四面牆和屋頂在無聲無息中消失，方才擠在屋內的嬰屍依然包圍著她們兩人，只是少了屋子的限制，嬰屍的數量似乎變得更多了。

依芳的左邊是方才盤據著雙頭蛇雕像的石橋，而她的右邊卻不知何時蹦出一座高臺，廖克章穩當當地站在高臺上，看他面露微笑的模樣，簡直是小人得志。

而站在他旁邊的……正確的說，應該是說被綁在他旁邊那根木樁上的人，就是綠豆。

「學姐，妳沒事吧！」一見到綠豆的身影，依芳的心中頓時燃起一絲希望，只要她還活著，那麼就……一定有機會！

「妳瞎啦！妳哪隻眼睛看到我沒事？妳要不要和我交換一下位置，體驗一下被當成聖女貞德的感覺？」果然一出聲就是綠豆式的回答，雖然依芳老被綠豆氣得半死，不過一聽到她的聲音一如往昔的中氣十足，總算暫時放下那顆心。

「喂！你到底想做什麼？」蓋住雙眼的白星雲雖然不清楚現在到底是什麼情況，不過聽聲音也知道現在的情勢有變，這個男人怎麼又跳出來了？

「我想做什麼，身為天師的妳還會不清楚嗎？」廖克章冷哼兩聲，悠悠道，「我當然是為了生死門，否則何必費盡苦心？當年我的實力不足以和占地為王的鬼王相抗衡，只好請林大權出面幫我剷除鬼王，沒想到林大權卻壞我好事，不但沒有收服鬼王，還一併封印生死門，讓我苦等二十年。現在的情勢正好，我要他的子孫來償還當年的債！」

他渾身散發的邪氣越來越驚人，別說依芳已經感到陣陣暈眩，連白星雲也皺起了眉頭。

「看到鬼勒！」這時綠豆卻不知死活地大叫一聲，這麼說起來，他的實際年齡到底幾歲？「你就是二十年前那個人？依芳的阿公都已經升天了，你怎可能是三十出頭的模樣？你是用哪家保養品啊？還是哪家整型醫院的效果這麼好？這麼好康你怎麼不介紹一下？」

「死到臨頭還這麼多廢話！」廖克章不耐煩地瞪了綠豆一眼，顯然他一點幽默感也沒有，「要不是我的雙手不能沾血，妳早被我一手劈了。」

不能沾血？白星雲的腦筋動得很快，現在她終於明白廖克章為什麼不親自動手殺害依芳和綠豆，以他和她們親近的程度，若要神不知鬼不覺地取人性命簡直易如反掌，他放著絕佳的機會不用，原來就是因為廖克章也是修道之人。

所謂不能沾血的意思就是絕不能開殺戒，只要自己動手殺生就會毀了自身道行。

這也難怪他可以將惡鬼控制自如，因為道法不外乎抓鬼降妖，既然可以抓鬼，要控制它們又有何難？只是沒想到他為了自己的私欲，刻意將自己一手栽培的心腹們置之死地，目的只是變成他理想中的惡鬼，幫他達成目標，很多修行之人走到最後走火入魔，想必廖克章就是其中之一。

所謂殺人不用刀，廖克章就是典型的代表人物，卻比雙手染血的惡徒更為可惡。

「為什麼偏偏是我？」綠豆相當執著這個問題，她完全沒想過這一切是因她而起，今天一定要知道答案，否則就算真的下黃泉，她還是會再跳上來問清楚！

「因為打開生死門的關鍵，就是妳身上最珍貴的東西。」他指著綠豆，嘴邊還掛著噁心而邪氣的笑容。

「啥米？你要我的貞操？」綠豆嚇得臉色發白，如果不是雙手被綁住，必定一手擋在自己的胸前，另一手則是緊抓著自己的褲腰帶，外加夾緊兩腿。

「誰要妳的貞操啊！」廖克章滿臉錯愕，他真的不知道綠豆的腦袋到底裝了什麼東西，「是妳的性命啦！只要把妳當成祭品奉獻給蛇神，生死門就可以開啟了。」

別說綠豆，連廖克章自己看起來都嚇壞了。

「因為妳是難得一見的陰女啦！蛇神嘴裡的蛇珠就是打開生死門的鑰匙，但是蛇神只有吃到極陰的食物時才會將蛇珠暫時吐出體外，為了今天，我必須不停地以死嬰的心臟餵養，好保持它的靈性，直到陰女出現才有辦法讓我拿到蛇珠。」

陰女？什麼東西？依芳完全不懂這個專有名詞到底有什麼意義，不過光聽字面上的解釋，八成就是綠豆很陰的意思吧！這也難怪她老吸引一堆好兄弟，原來這是她天生磁場的問題。

「吼！都是我媽啦！」綠豆忽然仰天哀號了起來，雖然平時演戲細胞活絡，但是這回卻是發自真心的演了起來，「她再多忍幾分鐘再把我生下來不就沒事了，要不然跟我同時出生的人應該也不少，幹嘛偏偏找我啦！」

聽到這麼鳥的原因，綠豆忽然有種想要自我了斷的欲望，果然天下是無奇不有，偏偏稀奇古怪的事全被她碰上了。

「妳懂什麼？陰年陰日陰時出生的陰女少之又少，何況我所需要的陰女必須身、心、靈都純潔無染，這簡直比掉落地球的隕石還要稀有，我找了這麼久，只有綠豆符合這個條件。」

他說自己身心靈都很純潔，而且還相當稀少，這應該是稱讚吧？那……她應該高興嗎？綠豆歪著腦袋煩惱著，不過當她回想起自己還被綁在木樁上，隨時都有可能成為砧板上的羔羊，此時的心情只能用鬱悶來形容了。

「我哪有純潔？我……我的思想齷齪是大家有目共睹，我是出了名的六根不淨……」綠豆急著為自己辯解，只是怎麼感覺辯解內容怪怪的？

「妳跟四十歲的男人一樣，只會出張嘴啦！妳以為我自己不會觀察啊？」

廖克章沒什麼耐心，若不是蛇神除了嬰屍的心臟外，只吃活物，不然他早劈了綠豆，哪來的時間讓她嚼舌根？

「你自己也是修道之人，難道不知道打開生死門的後果？」白星雲忿忿不平地提出疑問，同時思考到底該如何應付。他口中的蛇神也不知是妖是魔，萬一蛇神真的出現，只怕事情難以收拾。

「就是因為我知道，我更要打開這道門！除了我和林大權外，沒人知道生死門在醫院庫房的地底下，也就是我們目前的所在位置，為了開門，我早已做好準備了。

「我算過自己的命格，我注定活不過八十九歲，今年是我最後的機會，我不可能再等了，只要我打開生死門，冥界所有的惡鬼必定會蜂擁而至，到時絕對脫離不了我的掌控。當我成了鬼王之王，我還怕沒有機會透過生死門，好搶來我的生死簿竄改壽命？」只要他手中握有力量，哪怕十八層地獄也能闖。

真是越說越離譜了，依芳和綠豆第一次聽見像今天這樣誇張的藉口，不過兩人遭遇了一連串的狀況，好像也沒有一次不誇張……

不過當下她們卻浮現一個巨大的疑問，萬一歐陽霖姍知道自己的男朋友是個快要作古的老頭子，不知道會是什麼表情。

「蛇神只有月圓當天的寅時會醒過來，真是不巧，剛好就是今天，這也是為什麼非在今天把妳們引來的原因！再過十分鐘，我們就要天人永隔了，念在大家同事一場，我可以給妳最後一個願望，說吧！」他故意對著綠豆投向同情的眼光，看上去卻盡是虛情假意。

「說了你又做不到！」綠豆朝天的鼻孔對著他，表情甚是鄙夷。

「我就要成為萬鬼之王，天底下沒有什麼事情是我做不到的，妳給我說就對了！」

「這可是你說的，那你聽好了！我最後一個願望是……」綠豆相當誠懇地看了廖克章一眼。

「放我走！」

廖克章臉色一陣青一陣白，依芳甚至看見他的嘴角在抽搐，他萬萬沒想到綠豆竟然提出這樣的要求，這下好了，完全沒有臺階下。

「辦、不、到！」他面紅耳赤地大喝，脖子上的青筋都快跳出皮膚層了，心想蛇神怎麼不快點醒過來？他已經快被綠豆給氣到可以領取重大疾病卡了。

「你剛剛不是說沒有你辦不到的事？」

「我後悔了！」他看起來只能用惱羞成怒來形容，為什麼天底下那麼多人，偏偏挑中綠豆？他真的很無奈！

他頻頻深呼吸，不想繼續和綠豆胡攪蠻纏下去了，只見他轉身朝著依芳和白星雲冷笑道：「蠟燭總有熄滅的一刻，就算我的孩子們一時拿妳們沒辦法，不代表妳們可以走出這裡，等會兒先讓妳們欣賞綠豆被撕裂的畫面之後，順便見證歷史的一刻，等到妳們兩人也淪落到屍首異處的下場，到時還必須淪落為我的奴隸！哈哈哈！」

廖克章狂妄地大笑起來，底下的嬰屍則是一個比一個還亢奮。

這時，依芳不得不承認被這麼一大群噁心的嬰孩包圍是相當痛苦的視覺折磨，就算她沒有懼血症，也感覺到一陣頭暈，不過現在令她火大的地方在於他為了延長自己的壽命，竟然無故犧牲了這麼多人！

沒時間再耗下去了，十分鐘很快就過去了，必須搬救兵才行！

「這裡的邪氣太重，陽氣又少得可憐，低階法術根本起不了作用，若要妳請神明降駕根本是難如登天，偏偏以我目前的狀況沒辦法下請兵令……」自視甚高的白星雲竟然破天荒地懊惱起來，在這叫天天不應、叫地地不靈的環境下，到底能找誰來幫忙？中階以上的法術可不是人人都會。

「教我請兵令！」依芳連忙出聲。

「我說過了，這不是普通人能夠辦到的，弄不好還會……」

「別人不可以，但是我可以！天兵琉璃說過我帶天命，我是我阿公的孫女，一定可以！」現在只能死馬當作活馬醫了，不趁這次賭一口氣拚一拚命，再等下去就沒機會了。

白星雲知道依芳說的有道理，只好道：「我傳授妳罡步和符令咒語，不過這有點複雜，妳要仔細聽。」

白星雲拉過依芳，在她的耳邊低聲傳授，看檯上的廖克章一聽見請兵令，霎時不以為然地撇撇嘴，「這裡是極陰之地，憑妳們目前的道行也想請天兵神將？簡直是痴人說夢！」

白星雲不理會廖克章的冷嘲熱諷，逕自對依芳交代道：「綠豆說過妳曾經因為憤怒而暴走，現在唯一的辦法就是激起妳體內的力量，這樣我們才有機會成功，妳趕快想一些會讓自己生氣的事，之後再照我的方式對天宣令。」

依芳堅定地點點頭。

如果要她想起憤怒的感覺，其實一點也不難，只要她回想起在臨床上被廖克章電得體無完膚，現在不但要生吞綠豆，還害她淪落到這種境界，現在光是聽到廖克章這三個字就一肚子火，而且越燒越旺。

「天清地靈，兵將隨令，急調神兵速前來，吾奉天師敕令，速速領令起程奉行，神兵火急如律令！」依芳腳踏罡步，一手拿起硃砂筆，一手則是拿出黃素符箓，迅速畫下請兵令特有的符令。

只見依芳劍指朝著符令一點，黃符迅速的燒了起來，當黃符燒盡，所有人屏息以待，就怕錯過關鍵性的畫面。

一秒鐘、兩秒鐘、三秒鐘……在瀰漫濃濁髒穢的空氣中，似乎漸漸浮現一個模糊的人影……

「來了！來了！廖克章，這下子你死定了，我們的救兵到了。」綠豆也看見隱約的影子，若不是雙手被綁住了，她早就開心的攀著這根木樁跳鋼管舞了。

只不過，她的開心並沒有持續很久……

模糊的人影漸漸映入大家的眼簾，所謂的天兵天將竟然只有一個，而且還是頂著五分頭，穿著汗衫和藍色破爛長褲，腳底穿著一雙藍白拖的老人？

「我的娘啊！妳不是請天兵天將嗎？為什麼只請來一個老頭子？他看起來就像住在我家隔壁的糟老頭，而且還兩手空空，什麼武器也沒有，妳請他來當**VIP**貴賓，欣賞活人生吞秀嗎？算是我拜託妳、誠心地懇求妳，妳能不能別老是拿我的性命開玩笑？我真的是一隻腳踏在棺材裡了耶！」

綠豆很想誇張地哭天搶地一番，不過現在卻一滴眼淚也掉不下來。

通常在綠豆碎念的同時，總會聽見依芳毫不客氣地回嘴，這回卻反常的沒有。

綠豆納悶地抬頭看了依芳一眼，發現她不只嘴巴張得老大，連眼睛也呈現超乎人體極限的擴張，而且眼中和鼻尖都隱隱泛紅……

「阿……阿……」依芳的嘴唇囁嚅著，全身僵直，久久才發出這麼一丁點聲音，一句話也說不完整。

「阿什麼阿？現在該阿阿叫的人是我！妳能不能明白被當成沙西米的心情？我現在就像準備被切成好幾塊的生魚片，等一下就要享受蛇吻的尊容待遇，然後成為那隻么壽蛇的饗宴主食，妳還有時間張嘴只叫了兩聲『阿』？」

通常，綠豆只要一激動起來，講話速度就像砲彈一樣，甚至可以完全不用標點符號，一口氣將肚子裡想說的每一個字全都念得一清二楚。

依芳僵硬的轉頭看了綠豆一眼，緩緩伸手指著老頭子，眼神中散發著異樣光芒，「阿……阿公啦！他是我阿公！」

第十三章　真相完結（十三）

「阿——公?!」綠豆發自丹田的力量喊出這兩字，故意把聲音拉長到必須強制換氣的當下，叫得比呼喊自己的阿公還離譜，現在她恨不得立刻咬斷自己的舌頭，早知道剛剛就不該那麼多話，「真的是妳的阿公出現了?難怪嬰屍一見到他，全都發抖起來，甚至迅速後退了好幾步……我就說嘛!這個老人絕對不是泛泛之輩!」綠豆的態度一百八十度大轉變，趕緊為自己找臺階下。

廖克章一見到出現的人竟然是林大權，雖然不至於驚慌失措，卻也不住一陣心驚，立即朝著嬰屍嘶吼著：「你們在做什麼?快點上去攻擊啊!」

怎知，滿臉驚慌的嬰屍不但沒有上前，甚至連連後退，完全不敢靠近林大權。

「阿公……那個……阿公……剛剛……有蛇……有很多鬼……」依芳就像是突然中毒的電腦，看著自己的阿公竟然無法像平常一樣的表達自己腦中所想說的每一個字，比手畫腳外加大舌頭，聽得綠豆的血壓都快破表了。

「阿公，拍謝欸!我打個岔!」綠豆兩隻大眼睛朝著林大權彎成親切的弧度，卻立即在下一秒對著依芳叫囂道，「林依芳，時間緊迫，講重點好不好?趕快跟阿公說這邊好多妖魔鬼怪，再過幾分鐘之後我就要變成桌上的生吞人肉大餐，請阿公趕快把所有天上的親朋好友全都叫下來。」

綠豆的口水滿天飛，顯然恐懼已將她的理智消磨殆盡，一連串的咆哮已經讓她有破音跡象。

不過當她再次面對林大權時，則是收起瘋狂神色，輕聲對他說：「阿公，你也知道人在極度恐懼的情況下會失去控制，我叫一叫好多了，不打擾你們了，只是想拜託一下，你們真的想敘舊的話，麻煩請快一點，記得我還被綁在這裡嘿！」

林大權慈祥地微笑著，什麼話也沒說。

「你就是傳聞中的師兄？我是你的小師妹白星雲。」白星雲上前禮貌性的打聲招呼，她雖然以天師之名可以穿梭陰陽，但是林大權屬於高階武將，連她也是第一次見到本尊，難得的機會讓她忍不住暗自仔細打量著他，嘴裡不忘喃喃自語道，「果然和我家臭老頭形容的一樣，看起來不怎麼喜歡說話……」

「喂！你們現在當我死了是不是？」廖克章一聽說是傳說中的林大權，須臾間也難得刷白了臉，萬萬沒料到林依芳一叫就叫到王牌，「我還站在這裡，綠豆也還在我手上，再過五分鐘就是生門開啟的時刻，就算你林大權有通天本領，也難抵我這裡上萬個幽魂怨鬼！」

林大權面無表情地看了廖克章一眼，緩緩走上前。

隨後不知從何處竄出一匹白馬，只見林大權帥氣地翻身上馬，身上的老舊衣服也換成黑白鎧甲，頭頂青玉美冠，手持青龍長槍，雙眼中的慈祥也瞬間消失無蹤，取而代之的是傲視群英的凜然之氣，渾身散發難以逼視的懾人氣勢，身上沒有一處不散發金光的模樣。

綠豆和依芳更訝異地發現，他臉上原本斑駁的皺紋全都消失不見，宛若鷹眼般銳利的雙眸就像鑲嵌的寶石，上揚的濃眉象徵著堅毅不撓的個性，如刀鐫般的挺直鼻梁和大小適中的薄唇，更是造就完美無暇的比例，他竟在彈指之間回到二十歲上下的年輕面孔，完全看不出來是剛才那名老人了。

「依芳啊！這真的是妳阿公嗎？」綠豆一見到帥哥就渾然忘我，完全忘記目前的處境，像是發現偶像明星一樣的驚喜。

「是……是啊！他是我阿公啊！妳看我們長得這麼像，妳還懷疑啊？」依芳曾聽阿媽說過阿公年輕時帥翻了，整個村莊的小姐都想嫁給阿公，不過這也只是聽說，當年他們哪有閒錢去拍照，現在親眼目睹林大權年輕的模樣，連當孫女的她也看傻眼了。

「你們哪裡像啊！」綠豆在臺上又叫又跳，搞不好她再跳得賣力一點，不用人家來救她就可以自行脫逃了，「妳的阿公跟哥哥都是人間極品，怎麼妳長成這副德行？上天真的太不公平了啦！」

這死綠豆，要不是念在她林依芳有好生之德，不然光憑這番話，就讓她打算放棄這次的救援任務。

就在兩人對話的同時，白星雲則是旁著翻白眼，心想這人想抬槓也看一下場合，不過現場只要有林大權在，的確讓她安心不少。

林大權也沒閒著，只見他緊握成拳的手往前一灑，依芳發現在地面上跳動的竟是一顆顆的豆子，每個被砸到的嬰屍全都倉皇而逃，嘴裡不斷發出難以忍受的尖叫聲，連頭也不敢回。

依芳還來不及拍手叫好，地面上滾動的豆子竟一個接著一個站了起來，隨後幻化成天兵模樣，甚至連琉璃也在其中，只是這回少了迷糊感，一臉正經地跟著大隊人馬到林大權的身後集合。

「這該不會就是傳說中的撒豆成兵吧？」綠豆忽然好慶幸今天沒有臨時落跑，不然他哪有機會見到這麼難得的畫面，搞不好重複投胎到世界末日那一年也不見得能遇見。

廖克章一見自己的嬰屍竟被這樣小場面給嚇跑了，嘴理不斷咒罵它們全是廢物之外，不忘仰天大叫著：「你們還待在地底下做什麼？全都給我上來！」

這一聲怒吼，這下子場面可有得瞧了，除了蓮心八卦陣和林大權身後的範圍之外，每吋土地全飄出大大小小、奇形怪狀的鬼魂，每一隻鬼全都是廖克章收集來的孤魂野鬼，長期受到控制的孤魂在環境逼迫下，也漸漸產生怨氣成惡鬼，這片土地原本就看不到盡頭，所出現的惡鬼同樣也數不清，放眼望去全是嗜血凶惡的神情，別說一般人沒膽量看上一眼，光是聽到令人慄慄危懼的恐怖叫囂聲，就足以讓人退避三舍了。

一見到這陣仗，綠豆再也笑不出來了，心想她有辦法在五分鐘之內被救下來嗎？蛇神都還沒出來就出現這麼大的卡司，萬一蛇神真的出現了，她豈不是必死無疑？

「師姑婆，這下糟了，對方的人馬是我們的好幾倍！」依芳惴惴不安地趕緊撕下白星雲雙眼上的黃符紙，現在沒有鮮血淋漓的畫面，白星雲應該不至於昏倒了吧？

白星雲掃向四面，臉上表情沒有多大的變化，仍然不動如山地盤腿坐在陣內，悠悠道：「小意思！」

這是什麼意思？依芳急得坐立難安，現在她除了擔心綠豆和老洪的安危之外，她也擔心自家阿公有危險。

林大權鎮定如恆的氣勢依然驚人，只見他手拿令旗高舉在天，朗聲道：「腳踏七星在雲天，手擒魂魄不留停，神冥兩界聽吾令，速速助我陣前來！」

語聲方落，地面上接著竄出比惡鬼還要恐怖上百倍的陰兵和鬼差，而且綠豆依芳發現帶領陰兵的將領竟然是玄罡。

這回的玄罡和以往大不相同，換上平時不曾見過的黑色勁裝，手裡少了煙，卻多了一把燃著藍色火焰的長劍，不同以往的裝扮映襯出不同的帥氣，身騎黑色駿馬的身影更添威儀英凜，所帶領的陰兵全聽他號令，而他聽令於林大權。

同時，林大權身後也出現滿坑滿谷的天兵天將，其中一大部分的天兵已箭在弦上，以蓄勢待發之姿，雙腳站在拿著盾牌的天兵肩上排成好幾列，形成具有優勢的制高點，各各瞄準前方的孤魂野鬼。

無法估算的雙方人馬光是氣勢就震懾天地，絕對的寂靜更襯托出令人難以喘息的殺肅之氣，每個神將都面無表情，渾身都瀰漫著武神的殺氣，眼看兩邊的大戰就要一觸即發。

「殺蟲劑，我看你這下子真的倒大楣了，誰叫你沒長眼睛去招惹不該惹的人，你看人家的哥哥和阿公都出場了，還不趕快投降算了？」

原本緊繃的氣氛當中，突然爆出綠豆的聲音，現場能一口氣看到兩個帥哥，心情實在好得不得了，只不過她的心情一下緊張，一下開心，這樣對自己的人格和精神狀態實在很傷……

「不可能！只剩一分鐘，我的目的就要達成了，我不會放棄，只要撐到蛇神出現，誰也擋不了我！」廖克章瀕臨瘋狂地大吼著，他等這麼久，就是為了這一天，絕不能輕言放棄。

林大權身為武將，一聲令下，陰兵天將開始上前進攻，廖克章的惡鬼雖然眾多，但再凶狠也鬥不過天敵，尤其天兵的身上有神氣，一靠近就先削弱身上的戾氣，哪還有多餘的能力反擊？之前還可以靠著數量取勝，如今林大權的兵馬絕對不亞於惡鬼，哪還有勝算可言？

「玄罡，快點！帶我過去救學姐！」依芳在混亂之中呼喊著。

玄罡輕輕鬆鬆隨手解決掉兩隻惡鬼，抽空回頭道：「這裡太危險，我自己過去。」

只見玄罡騎著馬，一路殺到綠豆的看臺下方，黑色駿馬輕巧地躍上看臺，這一瞬間實在美得驚天地泣鬼神啊！

綠豆完全不後悔被綁在這裡了，只要能多看幾眼這樣賞心悅目的畫面，就算多綁兩天也無所謂。

不過……她這樣的興致很快就被破壞了，玄罡跳上臺的一瞬間，另一邊的石橋卻劇烈動了起來，原本石橋上的雙頭蛇忽然自己動了起來，連帶石橋的部分也成為蛇的身體。

「蛇神醒了！你們全都完蛋了，我就要打開生死門了，你們誰也阻止不了我！」廖克章哈哈大笑，他不在乎自己的惡鬼軍團兵敗如山倒，那只是自己的拖延戰術，他只要能讓蛇神吃到綠豆就行了。

「那裡那裡！她是陰女，吃她就對了！快吃快吃！」離綠豆不遠的廖克章大叫著，像是全身爬滿蟑螂一樣狂跳猛揮手，甚至把手指向綠豆的方向。

蛇在滑行的速度非常快，尤其比一棟房子還要高大的蟒蛇更是行進神速，綠豆根本還來不及喊救命，所謂的蛇神已經在看臺前。

好吧！事實證明，她對玄罡的欣賞完全禁不起考驗，她還是很後悔被綁在這裡，尤其蛇神在她面前晃蕩時，她已經開始後悔自己為什麼要出生在這世界上了。

玄罡忽地像陣清煙地移向綠豆，連聲招呼也沒打，環手就將綠豆圈入自己的懷中。

凹嗚——綠豆差點發出狼嚎了，怎麼回事？玄罡正抱著她嗎？沒想到一腳踏進棺材的人居然還能有這種享受，而且對象還是玄罡！

好啦好啦！為了這一抱，她可以委屈一點暫時當食材，唉……為什麼女人就是這麼善變？光是這一分鐘的時間內，她不知道已經改變自己的想法多少次了，綠豆忍不住懷疑往後是不是會對自己的心理健康造成影響。

「不要說話！」玄罡以極低而帶有磁性的嗓音在她的耳邊交代。

綠豆沒來由地感到一陣酥麻，趕緊回以一個千嬌百媚的微笑，心想：「我知道我知道！這一切盡在不言中麻。」

只是玄罡的擁抱怎麼這麼空虛，這麼沒真實感？她完全感覺不到他的存在耶！

「是她啦！你怎麼這麼笨？就在哪裡啊！我養了你這麼久，該不會連……啵！」

奇怪的聲音響起，廖克章的聲音完全消失，連他整個人也不見了。

依芳依照白星雲的交代，就連呼吸都不敢太用力，地面上還是一片廝殺吶喊，坐在陣內的她們眼睜睜看著蛇神一口將廖克章吃乾抹淨，完全搞不清楚怎麼回事。

廖克章怎麼說也是一代魔頭，沒想到僅僅占了一行字就跟大家說再見，這樣的結果讓惡鬼們措手不及，頓時兵敗鳥獸散，頓時逃的逃，投降的投降。

「打蛇打七吋，打火要趁熱，那個……那個……對對對，就是你！」白星雲急忙指著其中一名鬼差，小聲道，「那邊有竹林，隨便幫我拿一根竹子過來，快點！」

鬼差似乎認得白星雲，必恭必敬地點頭稱是，不到一會兒的時間便衝入竹林內，隨手拿了一根竹子遞上前。

「快點畫上五雷咒！」白星雲強悍地命令著。

依芳根本沒有開口詢問的機會，只能憑著一個口令一個動作，所幸她還記得五雷咒怎麼畫，不然又要被白星雲罵到臭頭了。

竹子上畫滿符咒，依芳嘴上喃喃念了幾句咒語之後，白星雲隨即朝著鬼差們招了招手，而且還是朝著最大隻的鬼差招手。

鬼差一點也不敢怠慢，趕緊上前問道：「不知天師有何事囑咐？」

「小小，拿著這根竹子，朝著那條蛇的蛇上七吋刺進去，這件事情非同小可，速戰速決！」白星雲將竹子交給小小，小小拿起那根竹子就像拿教鞭一樣，快步奔向蛇神，說也奇怪，蛇神似乎完全沒察覺小小的靠近，只見小小巨大的手臂往蛇神的頭上七吋用力一擊，隨即軟啪啪倒地不起，倒地的同時幻化為碎了一地的石子，綠豆也在這一刻宣告危機解除。

「總算雨過天晴了！」白星雲鬆了一口氣的拍拍依芳的肩膀，身旁的依芳卻因為瞬間鬆解過大的壓力，放聲大哭。

已被安然救下的綠豆趕緊跑至依芳身邊，拍拍她的後背，不斷安慰著：「沒事了，別哭了！」

她從沒見過依芳哭得這麼慘，而且是所有的陰兵天將和她的阿公跟哥哥看著她哭。

「辛苦妳了。」林大權終於對著依芳開口，甚至慈祥地摸摸她的頭，這是他生前不曾對依芳做過的動作，所以……依芳哭得更大聲了。

「剛才……剛才是怎麼回事？廖克章……他……他怎麼會被吃掉？他不是……那隻蛇的主人？」依芳一邊抽泣，一邊問。

「那隻蛇是蛇靈，透過廖克章的邪術供養死嬰心臟才會變成這副模樣，它們只是各取利益、互相利用，那隻蛇根本不認主人，廖克章這人養蛇卻不知道蛇的習性，蛇的視力不好，獵食全憑身上的感熱反應，當時我會立即環住綠豆就是因為我身上的陰氣可以蓋過綠豆身上的體溫，這樣才能躲過它的補食，而廖克章卻拚了命地跳動，反而讓他身上溫度瞬間提高，才會在第一時間被吃掉。」

玄罡揚起好看的微笑，綠豆也跟著嘿嘿傻笑，雖然他們兩個之間沒什麼火花，不過可以被帥哥環住也算是至高無上的享受了。

「對了！洪叔呢？我們一開始就是為了進來救他。」綠豆回過神，趕緊追問老洪的下落，怎麼事件落幕了，還沒見到他的人影？

「廖克章把他藏在自己的宿舍裡，妳們放心，他只是受了一點皮肉傷，外加吃了一些安眠藥，所以他只能在睡夢中去找小師妹托夢。」林大權相當感激徒弟的盡心盡力，也因為他的犧牲，才避免了一場大禍。

老洪怎麼說也是林大權的徒弟，雖稱不上天資聰穎，不過基本的術法仍然有著相當功力，雖然被廖克章困住，不過卻困不住出竅的靈魂。

「阿公，我會到這家醫院工作，該不會就是為了來幫綠豆吧？」依芳擦乾眼淚，回想起這一連串的巧合，好似冥冥中注定。

她希望阿公千萬不要點頭，她可不希望自己和綠豆是命中注定的拍檔，再這樣下去，她的壽命真的會縮短好幾年啦！

林大權定定看了依芳一眼，又轉向綠豆浮現一貫的微笑，不承認卻也不否認。

「師兄，你這孫女還算差強人意啦，不過需要上緊發條，多操幾下倒是真的。」白星雲不要不緊地伸伸懶腰，彷彿剛看完一場電影，完全沒將先前的恐怖景象放在心上。

「雖然離天師這條路還很遙遠，不過已經很了不起了！」

依芳帶天命是大家都知道的事實，不過卻也明白依芳的接受度並不高，今天能有這樣的表現，實屬難得了。

玄罡溺愛似地拍拍依芳的肩膀，雖然觸碰不到，不過依芳卻藉由這樣的小動作明白他的心意。

「生死門是天地間既定的存在，它不可能消失，我們也沒辦法讓它消失，就讓它繼續封印在地底吧！」玄罡總算可以放下自己的一顆心，看見依芳還四肢健全地站在自己的眼前，他就安心了。

此時身後的陰兵天將已經此處的惡鬼收拾得差不多了，所有人馬集合完畢之後，林大權和玄罡分別翻身上馬。

「準備收兵了！」白星雲看向依芳，「這是規矩。」

早在傳授請兵令的同時，白星雲已經連帶告知收兵令的咒語，誰下的請兵令，就該誰收兵。

依芳依依不捨的看向林大權和玄罡，流下兩行清淚，搖著頭嚷著不要。今天的相聚是她從來不敢想像的奢望，不論多長的時間，對依芳而言都嫌短暫，她不明白為什麼不能再為她多停留一些時間？

「依芳，不論是妳哥哥或是妳的阿公都和妳塵緣已盡，現在他們只是妳請派過來的神將，妳必須把他們送回去。」

依芳緩緩走上前，伸手想拉一拉林大權的手，就像小時候一樣，總是拉著阿公的手，吵著要買娃娃、吵著要買糖果，不論吵著要什麼，阿公沒有一次不依她，這次……她卻什麼也摸不到……

她無奈而淚眼婆娑地看了林大權一眼，哽咽地說：「阿公……再見！」

林大權凜然的氣焰中流露出一抹隱隱的慈祥，看了依芳一眼，微微點頭。現在的他，已經不是依芳的阿公，而是悍然天地的神將，只是看見自家孫女斗大的淚珠，心中多少還是有著不捨。

依芳立即挽起手訣，嘴裡喃喃念著收兵令，只是念咒的同時，成串的淚水就像散了一地的珍珠，不斷掉落臉頰，在場每一個人都忍不住鼻酸，就連在兵陣中的琉璃也紅了眼眶。

眾多的天兵天將就在如泣如訴的收兵令之下慢慢的消失了蹤影。

「依芳，其實妳也沒什麼好難過的，反正妳已經學會請兵令，想妳阿公的時候叫一下就好啦！」綠豆上前安慰依芳。

「天兵天將是能想叫就叫的嗎？」依芳狠狠地瞪了綠豆一眼，為什麼她就是不能正經一點？「我必須身處險境時才有機會用到。」

言下之意，就是她必須經歷快要掛點的關卡才能見到阿公。

「反正妳知道他過得好最重要啊！而且有綠豆在，絕對有機會再見到妳阿公。」白星雲冷不妨地加了一句，依芳瞬間不知道自己該用什麼表情來表達當下複雜的情緒。

白星雲輕輕鬆鬆地破了此處的幻術，正帶著兩人回到地面上，此時天際已經隱約露出一絲曙光，沒想到天已經快亮了。

「呼！重獲新生的感覺真好！說也奇怪，我們本來不是走驚悚路線嗎？怎麼現在感覺走向玄幻路線了？」綠豆伸了伸懶腰，對於今天還有機會呼吸到新鮮的空氣而感到不可思議。

「真是抱歉，我想走的只有平凡路線，請妳不要再跟著我了，因為只要妳在，千奇百怪的路線都會出現，我離妳遠一點會好過一點。」依芳皮笑肉不笑地看了綠豆一眼，當下真希望能有一段時間能夠不要再看見綠豆，就連聲音也不想聽見，最好綠豆可以立即從她眼前消失！

說完，依芳拔腿就跑，她這人說到做到！

「依芳……別這樣啦！喂！我不會讓妳那麼好過日子啦！」綠豆在後面不斷揮舞著手臂，急起直追，就算以後她結婚生子，她也非纏著依芳不可，不然誰來解決她天生無解的磁場問題啊？

絕對不能讓依芳跑了！

白星雲抬頭揚起特大號的微笑，這次能夠脫離險境完全是靠運氣，根本和自己的實力無關，看來她必須回去關門修練才行，最好可以解決棘手的懼血症，這次一連暈了兩次，若是傳出去還能見人嗎？怎麼說她也是上港有名聲，下港有出名的正牌天師……

等等！知道這件事情的只有兩個人，那麼……她必須想辦法趕上她們，並且警告不准洩漏，否則她要殺人滅口兼毀屍滅跡了……

——《怪談病院 PANIC! 06》完

——《怪談病院 PANIC!》全系列完

高寶書版集團
gobooks.com.tw

輕世代 FW303

怪談病院PANIC! 06(完)

作　　者　小丑魚
繪　　者　炬太郎
編　　輯　林思妤
校　　對　任芸慧
美術編輯　彭裕芳
排　　版　彭立瑋

發 行 人　朱凱蕾
出　　版　英屬維京群島商高寶國際有限公司臺灣分公司
　　　　　Global Group Holdings, Ltd.
地　　址　臺北市內湖區洲子街88號3樓
網　　址　www.gobooks.com.tw
電　　話　(02) 27992788
電　　郵　readers@gobooks.com.tw（讀者服務部）
　　　　　pr@gobooks.com.tw（公關諮詢部）
傳　　真　出版部　(02) 27990909　行銷部 (02) 27993088
郵政劃撥　50404557
戶　　名　三日月書版股份有限公司
發　　行　三日月書版股份有限公司/Printed in Taiwan
初版日期　2019年4月

國家圖書館出版品預行編目(CIP)資料

怪談病院PANIC! / 小丑魚著.-- 初版. -- 臺北市：高寶國際, 2019.04-
冊；　公分. --

ISBN 978-986-361-662-7(第6冊：平裝)

857.7　　108003315

三日月書版

三日月書版

GOBOOKS
& SITAK
GROUP©

GOBOOKS & SITAK GROUP©